LILI BLUES

DE LA MÊME AUTEURE

Buena vida, Libre Expression, 2015.

FLORENCE K

LILI BLUES

Libre Expression
Une société de Québecor Média

Catalogage avant publication de Bibliothèque et Archives nationales du Québec et Bibliothèque et Archives Canada

K., Florence
   Lili Blues
   Texte en français seulement.
   ISBN 978-2-7648-1192-4
   I. Titre.
PS8621.K3L54 2017   C843'.6   C2017-941461-5
PS9621.K3L54 2017

Édition : Johanne Guay
Révision et correction : Sophie Sainte-Marie et Isabelle Lalonde
Couverture : Axel Pérez de León
Mise en pages : Louise Durocher
Photo de l'auteure : Julien Faugère

Cet ouvrage est une œuvre de fiction ; toute ressemblance avec des personnes ou des faits réels n'est que pure coïncidence.

Remerciements
Nous remercions le Conseil des Arts du Canada et la Société de développement des entreprises culturelles du Québec (SODEC) du soutien accordé à notre programme de publication. Gouvernement du Québec – Programme de crédit d'impôt pour l'édition de livres – gestion SODEC.

Financé par le gouvernement du Canada | Canadä

Les Éditions Libre Expression
Groupe Librex inc.
Une société de Québecor Média
La Tourelle
1055, boul. René-Lévesque Est
Bureau 300
Montréal (Québec) H2L 4S5
Tél. : 514 849-5259
Téléc. : 514 849-1388
www.edlibreexpression.com

Dépôt légal – Bibliothèque et Archives nationales du Québec et Bibliothèque et Archives Canada, 2017

ISBN : 978-2-7648-1192-4

Distribution au Canada
Messageries ADP inc.
2315, rue de la Province
Longueuil (Québec) J4G 1G4
Tél. : 450 640-1234
Sans frais : 1 800 771-3022
www.messageries-adp.com

Diffusion hors Canada
Interforum
Immeuble Paryseine
3, allée de la Seine
F-94854 Ivry-sur-Seine Cedex
Tél. : 33 (0)1 49 59 10 10
www.interforum.fr

Pour Éléonore et Ariane,
qui déployez vos ailes avec tant de grâce.

À mes petits, pour plus tard, Alice, Daphné,
Cassandra, Maël, Margot, Fred et Elliot,
gardez toujours la tête bien haute !

To Benjamin, for all the love you bring to my life.

PROLOGUE

Vanessa ouvrit les paupières en sursaut. Une autre nuit beaucoup trop courte venait de s'achever. Comment pourrait-elle un jour récupérer si elle n'arrivait plus à reposer ses nerfs à fleur de peau? Elle aurait aimé dormir encore une, deux, dix, vingt, voire mille heures de plus. Quitte à se réveiller cent ans plus tard afin de laisser à la douleur le temps de se diluer. Ou quitte, à la rigueur, à ne plus jamais se réveiller. Elle lança un regard découragé à sa vaste chambre décorée par un designer soi-disant adepte de la zénitude. Jusqu'alors, elle avait toujours grandement apprécié l'ambiance que celui-ci avait insufflée à sa maison. Mais depuis qu'elle s'y retrouvait seule, le vide de la pièce lui était d'une lourdeur insupportable. Et tel un complice de ce vaste espace nu, chaque nouveau matin prenait plaisir à lui rappeler la solitude profonde qui minait désormais sa triste réalité. C'était dur.

Un rayon de soleil filtra entre les stores vénitiens de la pièce dont l'unique fenêtre donnait sur un petit boisé. La lumière du jour força Vanessa à refermer les yeux. Ils lui faisaient mal et ses paupières étaient enflées. Une violente migraine logeait depuis plus de quarante-huit heures dans son crâne. Au prix d'un énorme effort, elle réussit tout de même à se lever et à marcher péniblement jusqu'à la salle de bain. Elle aspergea son visage d'eau fraîche puis le regarda fixement dans le miroir. Son si beau visage. Qui avait déjà su faire tourner bien des têtes et lui avait procuré son lot de travail et de contrats. Ses traits lui avaient autrefois promis un avenir à la hauteur de ses rêves. Jusqu'à ce que ces derniers l'abandonnent, un à un. Elle observa quelques instants son reflet. Son futur était désormais chose du passé. Tout avait changé. Elle s'était laissé prendre au jeu.

Vanessa regarda l'heure. Il était 7 h 50. L'animateur radio déclinait avec une chroniqueuse un peu nunuche les bienfaits de la méthode danoise du bonheur. Le hygge. Cocooning, feu de foyer, bas de laine et chocolat chaud entre amis, la nouvelle façon en vogue de prendre soin de soi. Que n'allaient-ils pas inventer encore pour tirer profit d'une promesse de bonheur ? Apparemment, elle n'était pas la seule à le rechercher puisqu'on ne parlait que de techniques pour atteindre la plénitude et le bien-être à droite et à gauche. La différence était qu'aujourd'hui Vanessa n'en avait plus rien à foutre. Ni du hygge, ni du bonheur des autres. Elle asséna un violent coup de poing au bouton *snooze* du radio-réveil, fantasmant au passage qu'il fût adressé aux crânes de tous ceux qui lui avaient causé du tort. Elle étira ses muscles, endoloris par son mal-être. Sa vie au complet était tombée à l'eau.

Il lui était souvent arrivé de goûter à la lassitude, au chagrin, à la tristesse… Mais jamais au désespoir. C'était la première fois qu'elle en faisait l'expérience et elle ne s'y retrouvait pas du tout.

Et pourtant, il y avait longtemps que son mari, Samir, et elle vivaient pour ainsi dire séparément sous le même toit. Qu'ils cohabitaient. Qu'ils ne s'adressaient presque plus la parole, préservant leurs mots pour les platitudes de la vie quotidienne, ne partageant plus aucun intérêt en commun, sauf ce qui concernait leur fille, Emma. Le désir sexuel ne les habitait plus qu'à l'occasion. Ils savaient très bien en leur for intérieur que leur couple était voué depuis un long moment à l'échec.

Vanessa s'ennuyait maintenant à en mourir de quelque chose qui n'avait jamais réellement existé. D'un idéal que Sam et elle n'avaient pas réussi à accomplir ensemble, d'un rêve inassouvi de petite fille. Elle regrettait aujourd'hui de ne pas avoir su profiter de l'odeur de son mari sur l'oreiller pendant toutes ces années où sa tête s'y posait encore. Elle se mordait les doigts d'avoir tant ragé contre les poils qu'il oubliait dans le lavabo lorsqu'il avait terminé de se raser et contre ses jeans jetés pêle-mêle en boule, dans un coin de leur chambre. Elle s'en voulait de l'avoir trop souvent interrogé sans relâche lorsqu'il rentrait après 2 heures du matin, de lui avoir reproché les taches du café qu'il renversait par inadvertance tous les matins sur le comptoir. Aujourd'hui, elle vénérait presque les traces qu'il avait laissées après son départ, son parfum dans les tiroirs, ses chaussures dans leur *walk-in*, les boîtes de ces cœurs de palmier qu'il aimait tant dans le garde-manger.

Les absents sont idéalisés. Et Vanessa s'était mise à idolâtrer le fantôme de Sam et à pleurer son souvenir comme s'il avait été le meilleur des maris pendant toute leur union. Comme s'ils avaient déjà été heureux. En fait, elle pleurait pour la première fois quelque chose qui avait trouvé la mort depuis longtemps.

Elle étudia sa silhouette dans le miroir, cherchant quelque détail qu'elle pourrait encore aimer d'elle-même. Puis, sentant sa migraine marteler à nouveau ses tempes, elle détourna le regard de son reflet et courut jusqu'à sa chambre, s'empêtrant dans la longue robe de nuit que son ex-belle-mère lui avait offerte peu après son accouchement. Elle s'assit dans le lit, en haletant fortement, à bout de souffle. Pour prévenir une autre de ces crises de panique qui l'envahissaient à répétition, elle redressa ses oreillers et attrapa une cigarette dans le tiroir de la table de chevet. Fumer la calma. Après sa dernière bouffée, elle écrasa son mégot dans une vieille tasse de café sale qui traînait sur sa commode et se recoucha en tirant d'un geste brusque le drap par-dessus sa tête. Elle ferma les yeux et redevint, bien malgré elle, la spectatrice silencieuse d'un défilé de regrets qui s'imposaient sans arrêt dans sa mémoire. Elle assista à cette insoutenable parade, complètement impuissante, tout en priant pour que son esprit lui permette un jour de penser à autre chose. Elle pleurait sans émettre un seul son. De toute façon, il n'y avait personne pour l'entendre ni pour la consoler.

La petite était avec son père. Samir avait décidé d'en prendre momentanément la garde pour lui éviter d'être témoin du chagrin dans lequel s'enlisait sa mère. Il se donnait bonne conscience en se convainquant que cela permettrait à Vanessa de se relever. Qu'elle finirait par se consoler en passant du temps avec ses copines, en allant au spa, en écoutant des *podcasts* de bien-être, en s'inscrivant sur Tinder et en allant au cinéma tous les mardis soir. Il taisait ses relents de culpabilité en présumant qu'à coups de martinis et de papotage entre filles Ness finirait par réaliser que c'était pour le mieux et que tout le monde serait plus heureux ainsi.

Pour le moment et tant qu'elle lui foutait la paix, il n'avait aucun problème à lui refiler de l'argent.

En allumant une autre cigarette, Vanessa se remémora pour la énième fois les événements des semaines précédentes.

PREMIÈRE PARTIE

Chapitre un

Cinq semaines auparavant, Sam et Vanessa avaient eu une forte dispute au sujet d'un voyage qu'elle désirait faire et pour lequel son mari ne montrait guère d'intérêt. Elle souhaitait s'assurer de leurs vacances de Noël dans le Sud en achetant les billets plusieurs mois à l'avance, chose qui scandalisait Sam. Il lui avait clairement dit d'un ton sec et fâché, après qu'elle eut trop insisté :

« Comment veux-tu que je sache ce que j'aurai envie de faire à Noël quand je suis tellement débordé au travail que je n'ose espérer m'accorder une journée de congé d'ici l'automne ? Tu ne vis pas dans le même monde que celui des gens qui travaillent, Ness. Tu sais quel est ton problème ? Tu as trop de temps. Moi, je bosse sans arrêt, je fais tout pour qu'on ne manque de rien et, toi, tu ne penses qu'à ton Club Med à Aruba et à ton cul. Fous-moi la paix, s'il te plaît. On partira en vacances quand je déciderai que ce sera le bon moment pour partir en vacances. Et ne te plains pas, ta vie entière, c'est des vacances. »

Il était sorti de la pièce en claquant la porte, laissant sa femme en pleurs sur leur lit *king*, un lit si grand qu'il avait fort probablement eu son rôle à jouer dans la distance qui s'était progressivement creusée entre eux deux.

Après leur altercation, Sam s'était mis à faire beaucoup de bruit dans la cuisine, ouvrant et fermant violemment les armoires et le réfrigérateur, puis, au vif étonnement de Vanessa, elle l'avait entendu remonter l'escalier vers leur chambre. Une lueur d'espoir avait traversé ses yeux : peut-être revenait-il pour s'excuser, chose qu'il ne faisait qu'en cas de force majeure, ou pour lui dire, tout en bougonnant un peu, de réserver même s'il allait souffrir le martyre au travail d'ici là, ou peut-être s'aventurerait-il à la toucher, à l'embrasser, à lui dire qu'il voulait réparer leur couple. Mais il était entré dans la pièce en coup de vent, sans le moindre regard à Vanessa, s'était saisi de son gros sac de sport dans leur *walk-in* et avait commencé à jeter brusquement des vêtements à l'intérieur. Tout en le faisant, il avait entamé un bruyant monologue, destiné évidemment à écraser sa femme sous le poids de la culpabilité. Il se posait en victime.

« Comme c'est ainsi, comme personne ici dans cette maison ne semble prendre mon boulot au sérieux, et pourtant Dieu sait que ces mêmes personnes sont extrêmement heureuses de pouvoir dépenser sans compter le fruit de mon travail, eh bien, je m'en vais. Comme ça, tout le monde sera heureux et tout le monde me laissera la paix pour faire ce que je veux et pour bosser autant que je veux. Et peut-être qu'un jour ils réaliseront tous à quel point ils étaient chanceux de m'avoir eu. »

Il avait poursuivi son soliloque insensé pendant quelques minutes, le temps qu'il se fasse bien comprendre et qu'il termine son bagage, puis, devant une Vanessa incrédule, il était sorti de la pièce, avait descendu l'escalier, était allé dans le garage, avait fait démarrer la voiture et était parti.

Elle ne l'avait plus revu pendant près d'un mois.

Sam était allé vivre chez son frère et c'est sa belle-sœur, Tamara, qui s'était chargée de faire la navette pour leur petite Emma, l'amenant chez l'un ou l'autre de ses parents. Il ne parlait plus à Vanessa que pour des fonctionnalités, ce qui ne représentait en soi pas un énorme changement par rapport au temps où ils faisaient vie commune, et ne répondait à ses textos que si ceux-ci concernaient le bien-être de leur fille.

Vanessa s'en tirait tant bien que mal, se répétant qu'il devait s'agir de la fameuse *midlife crisis* dont elle avait tant entendu parler chez ses amies, ou en se disant que cette pause dans leur mariage ne devait être que momentanée, que ça leur ferait du bien à tous les deux et leur réapprendrait à s'apprécier l'un l'autre. Elle était même sortie en boîte à deux reprises avec Angela, sa meilleure amie, et avait aimé se faire draguer au bar et se faire empoigner les fesses sur la piste de danse. Elle était certaine que Sam l'apprendrait d'une manière ou d'une autre et que cela aiderait à raviver la flamme entre eux. Oui. Elle en était sûre, cette brèche leur serait bénéfique et n'était qu'un vilain moment dans l'histoire de leur union.

Au bout de la quatrième semaine, Sam avait convoqué Vanessa dans un triste café d'un grand boulevard de leur banlieue. Vanessa s'y rendit comme on se rend à une première *date*, le cœur palpitant dans sa poitrine, certaine qu'il lui demanderait de recommencer à zéro, de leur donner une autre chance, peut-être même de partir en voyage, tous les deux, sans Emma, pour la première fois depuis sa naissance.

La mine grave qu'affichait Sam lorsqu'elle l'aperçut à travers la vitrine la fit douter de ses certitudes. À peine deux minutes plus tard, lorsque Sam lui indiqua de s'asseoir en face de lui, ses derniers espoirs s'effritèrent.

Il avait réfléchi. Il avait pris des décisions.

Il ne l'aimait plus.

En réalité, il n'était plus amoureux d'elle depuis des années, mais il était resté pour le bien de la petite, pour essayer, pour laisser peut-être la chance à un miracle de se produire.

Il l'avait ensuite implorée de réaliser qu'elle non plus n'était plus heureuse depuis longtemps et qu'il lui rendait sûrement le plus grand service de sa vie en lui enlevant le poids d'avoir à prendre une décision quant à leur avenir. Il lui avait répété sans arrêt, en la soûlant par son excessive positivité par rapport à leur séparation, que son choix en était un pour leur bien commun à eux trois, à lui, à elle et à Emma. Qu'une fois la tempête du divorce passée, une fois la poussière retombée, les émotions se calmeraient et qu'elle verrait bien, lorsqu'elle rencontrerait de nouveau quelqu'un, qu'ils avaient pris la bonne décision. Bref, qu'elle aurait six mois douloureux à traverser, mais qu'après la pluie le beau temps, les arcs-en-ciel, la renaissance, les fleurs de printemps et tout le tralala reviendraient illuminer ses glorieux matins… « *Bullshit* » avait été le seul mot qui venait à l'esprit de Vanessa durant toute la tirade de Sam.

Ainsi, elle l'avait silencieusement écouté débiter ses arguments, les uns plus boiteux et lâches que les autres. Elle était assise devant lui, dans le décor convenu du sombre café. De grandes vitres sur lesquelles des lettres peintes annonçaient les spécialités de la maison donnaient sur un stationnement à moitié vide. C'était moche. Gris. Déprimant. La pluie ne cessait de tomber depuis une dizaine de jours. Vanessa n'entendait plus que les grincements des chaises autour d'elle et le bruit de la machine à espresso au loin. Plus les mots s'échappaient de sa bouche, plus Sam gesticulait d'une manière frôlant le ridicule. Et au fil de ses paroles, Vanessa se réfugiait au creux d'elle-même, cherchant à se protéger du flou de sons et de lumières tout autour d'elle qui lui donnaient le vertige. Elle ne percevait plus que les lèvres mobiles de son futur ex-mari. Elle n'avait pas bougé, pas bronché. Ce n'était pas un choc, c'était un mauvais rêve. Il fallait absolument que ce qu'elle venait de vivre fût un cauchemar dont elle n'était que le témoin. Elle ne survivrait pas à un tel échec.

À la fin de sa tirade, Sam, constatant qu'il n'avait provoqué aucune réaction visible chez sa femme, lui avait demandé assez brusquement si elle l'avait bien compris. Elle n'avait pas répondu sur-le-champ. De toute façon, cela aurait-il pu changer quelque chose ? Il lui avait répété la question et elle avait hoché la tête mécaniquement. Puis il avait ajouté qu'à partir de là elle pourrait s'adresser directement à son avocate, une femme très bien, très compréhensive apparemment, qui saurait respecter ses besoins. Il avait insisté, d'un ton assez condescendant d'ailleurs, quasi paternaliste, sur le fait qu'il savait bien qu'elle mettrait du temps avant d'être en mesure de retourner sur le marché du travail et d'être capable de subvenir à ses besoins, et qu'il ferait donc preuve de bonne foi et de générosité à son égard.

Pendant qu'il se levait, attrapant son téléphone et ses clés sur la petite table toute collante de vieux lait, elle avait finalement réussi à ouvrir la bouche et à prononcer d'une voix monocorde et étouffée, presque inaudible, la chose suivante : « *Fuck you, Sam.* »

Il n'avait rien répondu, brillant de splendeur dans toute son indifférence, et s'était dirigé vers la porte, lui accordant le dernier mot, affichant un air de soulagement d'en avoir fini avec cette pénible conversation.

Elle avait attendu qu'il fût sorti du café et elle avait laissé ses nerfs tendus se relâcher. Elle avait tremblé de tout son corps.

CHAPITRE DEUX

Une fois dehors, Sam s'était senti délesté d'un poids qu'il considérait comme n'étant plus le sien. Il flottait au-dessus de tout, plus jeune que jamais. Il revivait.

Au moment où il s'était saisi des clés de son Lexus, son téléphone avait vibré. À l'écran s'affichait ce nom qui faisait battre son cœur, qui lui procurait des sensations inexplorées depuis si longtemps, qui faisait gonfler son sexe, ce nom qu'il avait envie de crier sur tous les toits : Lili.

Il l'avait rencontrée sur un tournage au mois de février. Un coup de foudre était tout ce qui lui manquait jusqu'alors pour déserter son mariage. Le désir qu'il éprouvait à l'égard de Lili était plus fort que toutes les peurs qui l'avaient toujours empêché de laisser Vanessa. Plus fort que la crainte de perdre sa maison, de devoir verser une pension énorme, d'être confronté à la colère de son père et de connaître l'opinion de sa famille. Il se sentait revivre, du sang neuf coulait dans ses veines, faisait battre ses tempes. Ses collègues, qui avaient toujours connu un homme taciturne et réservé, découvraient un patron capable également de sourires et d'humour. Une confiance nouvelle l'habitait. Un tel amour ne pouvait que mener à quelque chose de grandiose. Entre un mariage en phase terminale éternelle et le souffle de vie que lui procuraient la présence et le rire de Lili, il n'avait pas eu à hésiter longtemps. Lili n'était pas une porte de sortie, elle représentait plutôt une porte d'entrée vers un monde infini de possibilités. En achevant d'un coup de massue ce qui restait de son mariage avec Vanessa, il donnait naissance à la suite de sa vie. C'était sa réincarnation, tout ce que la providence lui avait auparavant refusé.

Sam et Lili avaient fait l'amour pour la première fois dans une loge, sur un plateau de tournage. Il en avait été bouleversé, tant leur chimie était puissante. Puis il l'avait conduite deux jours plus tard à l'hôtel. Pas dans un motel *trash*. Ni dans un hôtel sans personnalité ni charme. Au Ritz. Elle méritait le meilleur. Sam l'y avait prise avec passion dans tous les sens, la couvrant de baisers comme un roi aurait couvert d'or sa favorite. Il buvait ses mots, ses baisers, tout ce qui coulait d'elle après ses multiples orgasmes. Il rêvait de l'emmener à Paris. De lui faire l'amour partout dans le monde. À Rome, à La Havane, à Londres, à New York. Il se voyait vivre avec elle une existence de riches artistes bohèmes complètement fous et soûls d'amour. Leur histoire serait différente de celles des autres. Non seulement elle ne se terminerait jamais, mais elle serait remplie d'un mouvement perpétuel vers l'autre, d'attentions, de désir inassouvissable, de sexe et de tendresse, peut-être même d'enfants… À la seule évocation de l'image de Lili, nue et offerte devant lui, il sut qu'il venait de faire la bonne chose en quittant sa femme une fois pour toutes. C'était plus fort que lui. Il avait goûté à Lili, il ne pourrait plus jamais s'en passer.

Puis la sonnerie insistante de son téléphone l'avait tiré de sa rêverie.

Il s'était emparé de son iPhone et avait pris soin de placer sa voix dans ce registre grave et rauque qui lui conférait une allure d'acteur des années 1950. Il connaissait les différentes facettes de son charme et savait les décliner de toutes les façons possibles :

« *Hello*, mon amour. »

D'un ton inquiet, Lili s'était exclamée :

« Sam, je suis contente de te parler ! Ça fait au moins dix textos que je t'envoie !

— Tout va bien ? Mon téléphone était au fond de ma poche, sur silence, mentit-il sans même s'en rendre compte, la vérité étant qu'il n'avait pas osé lui répondre devant sa femme.

— Tu étais avec elle ? »

Sam avait fait une pause. Il avait envie de commencer cette nouvelle relation d'un bon pas, sous le signe de la transparence, et avait répondu par l'affirmative, car il n'avait rien à se reprocher. Il y avait eu un silence au bout du fil, puis Lili avait poursuivi, d'une voix posée un peu trop forcée :

« Et alors, tu lui as dit ?

— Oui.

— Tu lui as dit pour nous deux ? »

Cette fois-ci, Sam avait hésité un instant. Il craignait de décevoir Lili, qui refusait de demeurer un secret, mais il n'avait pas été capable de tourner le fer dans la plaie ouverte de son ex-femme. Déguisant la vérité comme lui seul savait si bien le faire, autant avec ses collègues qu'avec ses amis, parfois pour éviter le conflit et parfois pour mousser ses avantages, il avait soufflé :

« Elle le sait. »

Il avait justifié intérieurement son demi-mensonge en se disant que, de toute façon, ce n'en était pas vraiment un puisque Vanessa ne devait pas être dupe, qu'elle devait certainement se douter qu'il en avait rencontré une autre. N'était-ce d'ailleurs pas le cas dans la plupart des ruptures ? On étirait la sauce en espérant que l'autre finirait par nous quitter pour que nous n'ayons pas à le faire. On laissait traîner les choses jusqu'à ce que soit automatiquement délégué le sale boulot. Puis, si l'autre ne partait pas et que le cœur, trop longtemps muet de désir pour son partenaire légitime, se mettait à faire des pirouettes pour une autre âme, mystérieuse, attirante, intrigante parce qu'encore vierge de nous, on choisissait de suivre l'élan de la passion en se répétant qu'on n'avait qu'une seule vie à vivre, heureux de ne pas devoir affronter le grand désert de la solitude qui guette de loin les gens sensés qui savent quitter leur partenaire sans nécessairement avoir de plan B.

Au bout du fil, Lili paraissait rassurée. Sam avait émis un silencieux soupir de soulagement et avait changé de sujet en proposant à sa nouvelle flamme de l'emmener dans le restaurant d'un hôtel chic de la vieille ville. Il passerait la prendre à 19 heures. «J'ai hâte de te voir, ma belle», lui avait-il texté après avoir raccroché.

Sam était retourné à son bureau, avait planché quelques heures sur un scénario de film qui lui causait bien des tracas; une histoire invraisemblable de science-fiction en vase clos. Il avait hérité des hommes de sa famille l'habitude d'accorder la priorité à son travail plutôt qu'à tout le reste. Rien n'avait plus de noblesse aux yeux de Samir et de Mounir, son père, plus d'importance que le sentiment du travail bien fait, que la sensation d'avancer dans la vie, de construire, puis de voir croître entre ses mains le fruit de ses idées, et enfin d'en recevoir une énorme gratification lorsque le public, les critiques et surtout ses pairs le complimentaient. Lorsque son travail était couronné de succès, Sam se sentait parfaitement aligné, parfaitement à sa place.

Cet après-midi-là, cependant, il avait eu de la difficulté à se concentrer. Chaque fois qu'il reprenait la lecture d'un paragraphe, ses pensées divergeaient automatiquement vers le corps et le parfum de Lili. Il faisait des liens entre tout ce qu'il avait sous la main et la personnalité de sa nouvelle flamme. Elle était fascinante, inspirante, pleine de vie. Elle aurait été magnifique dans le rôle principal, mais il avait déjà été accordé à une autre actrice, une étoile montante du nom de Susie Lagrange.

Dommage. Lili aurait été parfaite. Il devrait lui dénicher un rôle clé. L'aider à propulser sa carrière encore plus loin. Elle s'intéressait à tout, savait trouver de la beauté dans tout. Elle avait voyagé, aimait parler de ce qu'elle avait vu, de ce qu'elle avait vécu, le faisait rêver en lui racontant des bribes de son parcours qui était complètement atypique, de ses années de galère à Los Angeles qui l'avaient laissée désillusionnée, presque brisée, et de la façon dont elle avait décidé de rentrer à Montréal et de se rebâtir complètement, enchaînant audition après audition. Ses années de mariage à elle, ratées, qui lui avaient tout de même donné ce qu'elle avait de plus précieux, son fils, Tom. Lili avait offert à Samir un portrait d'elle qui l'excitait furieusement. Tout le contraire de Vanessa, qui s'était progressivement repliée sur un monde auquel il n'avait nullement envie d'avoir accès, un univers oscillant entre son *shopping* du samedi après-midi et une soudaine obsession pour le yoga qui l'avait complètement rayée de la réalité.

Il avait terminé le boulot plus tôt afin d'avoir le temps de passer se doucher chez son frère. Confortablement assis sur le siège en cuir de son quatre-quatre Lexus, bien caché derrière ses vitres teintées, ressemblant à un *golden boy* de New York de la fin des années 1990, il avait souri lorsque la radio avait diffusé une chanson des Ohio Players qu'il avait toujours adorée, *Love Rollercoaster*. Il roulait beaucoup plus vite qu'à son habitude, dépassant tout ce qui bougeait sur l'autoroute, baissant sa fenêtre, le toit grand ouvert et le cœur aussi.

CHAPITRE TROIS

Le soleil était levé depuis une bonne heure déjà, et sa lumière fraîche promettait un ciel bleu à la journée qui s'amorçait. Ce serait un matin magnifique. Lili inséra la clé dans la serrure de son rez-de-chaussée, la tête dans les nuages, le sourire fendu jusqu'aux oreilles, peinant encore à croire à la nuit qu'elle venait de passer. Sa joie était si grande que le froid de mars n'avait aucune emprise sur elle. Elle aurait pu danser toute nue dehors pendant deux heures qu'elle n'aurait pas eu besoin de se réchauffer.

Son cœur battait à tout rompre dans sa poitrine et, une fois chez elle, au lieu d'aller directement se coucher pour compenser sa nuit blanche, elle se prépara un café qu'elle dégusta lentement, assise sur le divan de son salon, le regard posé sur la fenêtre givrée.

Elle ne se doucherait pas de la journée. Elle souhaitait garder le plus longtemps possible collé à sa peau le parfum des baisers dont elle avait été couverte toute la nuit.

Elle savourait encore le goût des dernières heures qui venaient de s'égrener en se répétant le nom de celui avec qui elle les avait passées.

Sam Abboud. Sam Abboud. Sam Abboud.

Sam. Sam. Sam. Sam.

Elle ferma les yeux et, tout en portant la tasse de café à ses lèvres, se parla à elle-même : « J'espère que cette fois-ci, c'est la bonne. »

Elle en avait marre de galérer, de toujours avoir l'impression de devoir offrir une version revue et corrigée d'elle-même pour plaire. Certes, elle menait une bien meilleure existence que dans sa vingtaine. Elle avait remis de l'ordre dans ses affaires, s'était refait une santé financière après son divorce et travaillait beaucoup. Mais son équilibre se trouvait constamment fragilisé par une estime de soi chancelante, un sentiment général d'infériorité qui se manifestait dès qu'elle entamait une relation amoureuse. Elle se perdait dans l'autre. Et n'était plus sensible qu'à ce qui n'allait pas.

Tel celui qui se laisse aveugler par ce qui ne va pas plutôt que d'embrasser tout le portrait d'une situation, celui dont une seule tache sur un magnifique tapis persan mène à l'obsession au point de lui faire oublier que le reste de sa surface demeure parfaitement immaculée, que ses couleurs flamboyantes, la douceur de sa soie, ses dessins et ses tracés fantaisistes ne sont pas effacés par la disgrâce d'un infime défaut, Lili avait une tendance maladive à ne supporter d'elle-même que la perfection et à se dénigrer lorsqu'elle effectuait ce qu'elle seule pouvait considérer comme un mauvais pas. Sa vie prenait la forme d'un véritable tapis dont elle s'acharnait jour après jour à nettoyer les taches surgissant les unes après les autres, aussi minimes fussent-elles. Et ce, même si elle était née du bon côté des choses.

Elle avait un tas d'amis, un enfant en santé, une carrière qui, après des années difficiles, commençait à révéler son talent au grand public. Elle était consciente de sa chance, du point exact où elle se trouvait et de celui qu'elle souhaitait atteindre, du chemin parcouru et de celui qu'il lui restait à franchir, mais elle demeurait convaincue qu'en dépit de ses acquis présents et futurs elle ne toucherait jamais plus au fameux « bonheur » dont la société vantait sans cesse les mérites à coups de campagnes publicitaires. Le « bonheur-spa-barbecue-gym-temps-pour-soi-couple-uni-enfants-que-l'on-prépare-au-succès », comme elle aimait l'appeler.

Il lui était souvent arrivé d'effleurer un sentiment semblable à celui de la sérénité, certes, mais jamais suffisamment pour s'en faire une idée précise ni pour apprendre à le saisir allègrement au vol s'il venait à se présenter de nouveau. Elle maîtrisait cependant l'art de la joie et savait son rire capable d'emplir une pièce à lui seul et d'illuminer les mines les plus sombres. Elle excellait dans l'art du plaisir, au point de le rechercher constamment, pour le meilleur et pour le pire, et aimait l'amour. L'amour le lui rendait bien, d'ailleurs, pendant de longues et belles journées d'illusion et de fantaisie, avant de la faire basculer de son nuage avec un impact violent. C'est là que Lili s'enroulait dans sa mélancolie, cherchant du réconfort dans une tristesse qu'elle connaissait par cœur, retrouvant les habitudes du mal-être qui semblait faire partie intégrante de sa constitution, renonçant au soleil jusqu'à ce qu'un nouvel amour détourne son attention de l'ancien. Elle s'embourbait souvent dans ses histoires au point d'en perdre son équilibre, mais son indéniable charme finissait toujours par la tirer d'ennui et la propulser vers le chapitre suivant.

Malgré la pause de romance qu'elle avait décidé de s'accorder pendant près d'une année, elle craignait que sa vie la mène toujours ainsi, de cœur en cœur, traînant le poids de ses peines, de ses désillusions et de ses renaissances, tel un bagage lourd mais rempli de mouvement. Elle vivait. Beaucoup trop intensément, dans les hauts comme dans les bas, mais au moins, se disait-elle, elle vivait beaucoup plus que bien des âmes qu'elle avait croisées sur son chemin et qui mouraient à petit feu dans la monotonie de leur routine sans surprise.

Lili n'était pas une beauté ordinaire. En réalité, on n'aurait pu la qualifier d'être réellement belle selon les standards actuels diffusés par les photos trop lissées des magazines de mode, mais elle avait appris à faire du mieux qu'elle pouvait avec ce qui lui avait été donné, le tout enveloppé d'une aura charismatique. Elle intriguait par son teint de porcelaine et ses yeux vert bouteille. Son visage était parsemé de douzaines de petites taches de rousseur qu'elle détestait et, à défaut de se trouver belle, elle se savait tout de même en possession du charme particulier des gens qui doivent faire beaucoup d'effort, y mettre constamment du leur pour monter en grade et accéder à la catégorie des personnes physiquement avantagées. Elle se considérait comme de ceux qui, pour briller, n'ont d'autre choix que de se forger une intelligence et un sens de l'humour sachant faire oublier que leur apparence n'est pas d'une plastique impeccable. Lili se démarquait donc par son charme, son sens de la répartie, ses silences calculés et ses regards dirigés au bon endroit, au bon moment.

Avec les hommes qu'elle aimait, elle savait faire bon usage de ses atouts pour obtenir toujours et toujours plus d'attention. Et lorsque tout cela ne suffisait pas, aux derniers milles d'une histoire qui ne menait nulle part, elle n'hésitait jamais à utiliser ses larmes et à piétiner son orgueil pour parvenir à ses fins, maniant à merveille l'arme du sentiment de culpabilité qu'elle savait faire naître chez les autres, au besoin. Après tout, elle était une excellente comédienne, et la frontière séparant sa façon d'être sur un plateau de tournage et dans sa vie personnelle était mince, très mince. Elle était prête à tout pour retenir le plus longtemps possible ses amants, jusqu'à ce qu'ils se lassent de ses drames et s'enfuient en courant.

Elle aimait les hommes tout autant qu'elle les détestait. En fait, il n'y avait pas de demi-mesure lorsqu'il s'agissait d'eux. Elle les aimait passionnément jusqu'à ce qu'elle ait une raison de les détester tout aussi passionnément. Mais eux ne la détestaient jamais, et c'est ce qui l'agaçait le plus. Elle aurait aimé que son absence leur fasse mal et qu'ils ne puissent se passer d'elle au point de la haïr si elle décidait un jour de partir. Mais eux finissaient toujours par s'en aller dans un grand élan d'indifférence ou de condescendance un peu paternaliste, la laissant telle une petite fille abandonnée au creux de son lit, abasourdie et terrorisée à l'idée d'être de nouveau seule.

Dans les jours qui suivaient ces ruptures, elle se voyait donc dépérir à petit feu, plongeant graduellement dans cette mélancolie qui lui était propre, délestée de toute estime d'elle-même et perdue dans une transe comme une *junkie* en voie de sevrage, en proie à une anxiété et à un sentiment d'abandon plus puissants que tout le reste. Puis, après six ou sept jours de tempête et des dizaines de prières adressées à un dieu sans nom qui lui servait plus de *baby-sitter* que de référence spirituelle, elle se relevait lentement, elle ouvrait les rideaux de sa chambre, se faisait un café puis retroussait ses manches, prête à recoudre son cœur pour une énième fois. À l'adolescence et tôt dans sa vie de jeune adulte, elle s'était précipitée dans de nombreuses paires de bras qui l'avaient tout d'abord étreinte avec force et passion avant de relâcher leur emprise quelque temps après. On lui disait : « Lili, tu es merveilleuse, mais, toi et moi, ça ne pourra jamais marcher. » Elle en souffrait comme si on lui avait coupé une jambe, mais elle s'en remettait toujours, transportée par le souffle et l'urgence du dernier recours.

C'est cette urgence même qui l'avait poussée, à dix-neuf ans, à suivre l'élan de la jeunesse et de l'ambition pour tenter sa chance à Hollywood, rejoignant les milliers d'aspirantes stars qui rêvent d'une étoile à leur nom. Pour Lili, c'était une question de vie ou de mort. Sa mère venait de succomber à un cancer du sein qu'elle avait combattu pendant six longues années. Son beau-père, François, en était alors à sa huitième tentative de sobriété et s'était joint à l'Église-du-Nom-du-Christ-Sauveur-des-Âmes dans les Laurentides, cherchant à remplacer sa dépendance à l'alcool par une dépendance à un bon Dieu dont il venait de faire la connaissance grâce à un groupe de *born-again*. Son frère, Laurent, quant à lui, entamait une maîtrise en génie chimique et avait pris ses distances depuis que leur mère était décédée. Il s'était renfrogné et jeté dans ses études, en était devenu presque asocial et semblait ne plus être capable d'aucune émotion.

Lili, souhaitant quitter le plus rapidement possible une réalité beaucoup trop lourde à son goût, s'était envolée pour la Californie avec pour seul bagage un sac à dos, une cassette VHS où se trouvaient toutes les publicités auxquelles elle avait participé depuis son enfance, et sa détermination. Elle imaginait se dessiner devant elle une carrière à l'image des attentes qu'elle avait de la vie. Son talent était immense, on le lui avait si souvent dit qu'elle en était convaincue à cent pour cent. Sa voix était très grave pour celle d'une jeune femme, très grave et très rauque. Fascinante. Un agent de Los Angeles avait quelque temps auparavant montré de l'intérêt pour son travail dans une télésérie pour adolescents et Lili n'avait pas hésité un seul instant à faire le grand saut.

Elle s'était installée dans un appartement en colocation avec quatre autres «acteurs», tout près de Washington Boulevard, à Culver City, et avait épluché tous ses contacts afin de leur signifier qu'elle était là, prête et disposée à travailler. Au bout d'une dizaine de semaines, son élan s'était affaibli. On ne la rappelait pas. L'agent qui lui avait fait miroiter des espoirs ne répondait jamais à son téléphone et lorsque, par chance, il décrochait, il lui disait: « *Yes, yes, honey, it's coming, things take time, but don't worry, I'm on it. I will get back to you as soon as possible*[1]. » Lili s'était graduellement mise à détester la ville des anges et ses millions d'autoroutes, ses coins *trash*, Venice Beach, qui lui rappelait trop les tam-tams du mont Royal, et l'indifférence que tous montraient à son égard. *Oh, big deal, Mademoiselle vient de French Montréal et veut make it big in America ? Good luck, honey !*

Elle se voyait peu à peu se métamorphoser, exactement la caricature de ce qu'elle s'était promis de ne jamais devenir. Jour après jour, elle avait l'impression de se rapprocher du cliché pur et dur de la jeune et jolie tête bourrée d'illusions qui se croit assez spéciale pour se démarquer, pour se faire remarquer et pour revenir chez elle des années plus tard, trophées et fortune en main, avec un CV regorgeant de films indépendants prisés de la haute société cinématographique, avec un ou deux rôles secondaires dans des *blockbusters* et avec le sentiment d'avoir réussi là où tant d'autres avaient échoué.

Elle avait quelque temps travaillé au noir comme prof de cardio dans un gym de Marina Del Rey et comme barista dans un café de l'ère préhipster, tout en se rendant de temps en temps aux rares auditions qu'elle obtenait. Mais elle était toujours «juste un peu trop» ou «juste pas assez» pour décrocher un rôle. Juste un peu trop vieille, juste un peu trop grosse, pas assez grande, pas assez musclée, juste un peu trop rousse, pas assez expressive, juste un peu *too much*.

Après quatre ans, affamée et éreintée par ce cirque et par le nombre d'aspirants acteurs qu'elle croisait à chaque coin

---

1. Oui, oui, ma belle, ça s'en vient. Les choses prennent du temps, mais ne t'en fais pas, je suis sur le cas. Je te reviens dès que possible.

de rue, fatiguée de devoir se battre pour rien et, surtout, complètement cassée, elle avait fini par faire ses bagages et par revenir au bercail, la mine assombrie par la désillusion. Elle avait vingt-trois ans et se trouvait au point mort. Pendant que toutes ses copines avaient bossé sur leur bac et entamaient leur maîtrise, Lili se mordait les doigts en se répétant inutilement, au point de perdre un autre morceau considérable de son estime d'elle-même, qu'elle avait été la plus conne des connes d'avoir gaspillé tant de temps dans une ville et dans une industrie qui ne voulaient vraisemblablement pas d'elle.

À Montréal, elle s'était mise à fumer beaucoup de haschisch. À sortir presque tous les soirs en boîte et à coucher à droite et à gauche avec tout homme qui s'intéressait à elle, pas tant pour le fait de recevoir un peu d'affection ou de plaisir sexuel que pour récolter le sentiment éphémère d'être désirable et convoitée. De valoir la peine.

Puis elle avait croisé Louis dans une soirée privée donnée pour l'inauguration d'un nouveau bar aux allures des années 1930, à la thématique de la prohibition. Louis était un agent d'acteurs qui évoluait assez bien dans le milieu depuis quelques années. Il avait mis plusieurs comédiens qui étaient quelques mois auparavant de parfaits inconnus sur la *A-list* et était réputé capable de négocier d'excellents cachets, même à ses poulains les plus jeunes. Elle l'avait reconnu, car elle avait déjà espéré faire partie de son écurie avant son périple américain. Elle l'avait abordé, puis ils avaient discuté autour de plusieurs verres de gin tonic, avant de poursuivre la soirée dans la ruelle avec un bon joint, puis au lit chez lui. Ils n'avaient évidemment pas dormi et Lili avait joui plusieurs fois. Elle sentait qu'elle pourrait peut-être l'aimer mais, à la fin de la nuit, Louis lui avait annoncé qu'il était toujours amoureux fou de son ex-femme, même si cette dernière ne voulait plus rien savoir de lui, et qu'en attendant de la reconquérir il pouvait continuer de coucher avec Lili, si ça lui plaisait.

Lili avait été choquée de cette arrogance et s'était habillée rapidement. Lorsqu'elle s'était trouvée sur le pas de la porte, Louis, réalisant son manque de délicatesse, l'avait rattrapée et s'était excusé. Peu importait qu'ils couchent ensemble ou pas, il souhaitait développer une amitié avec elle et l'aider dans sa carrière. Lili ne s'était pas fait prier et était revenue s'étendre à côté de Louis, tout habillée. Ils avaient jasé pendant trois heures, avaient fumé un autre joint, et elle avait admis qu'effectivement l'amitié était le sentiment qui conviendrait le mieux à leur relation. Il deviendrait son agent.

Ce partenariat avait porté ses fruits puisque, à peine un an plus tard, Lili enchaînait les petits rôles, les publicités et le doublage, au point où elle arrivait à vivre, maigrement, mais à vivre tout de même de son art.

Côté cœur, les amourettes et les déceptions se succédaient, mais, tant qu'elle gravissait la pente de sa propre carrière, elle s'en remettait rapidement. On la félicitait de toutes parts, on lui disait à quel point elle était bonne et charmante, on lui prédisait des années de gloire, on l'invitait à des cinq à sept, à des tapis rouges, à des premières, on la photographiait, on s'intéressait à son rouge à lèvres préféré, au shampoing qu'elle utilisait, à sa designer de prédilection, on commençait à l'inviter dans des *talk-shows*, à des émissions de radio… Alors ces hommes trop durs dont elle tombait toujours amoureuse, ces hommes inatteignables ne laissaient pas trop de cicatrices sur son cœur lorsqu'ils allaient ailleurs, puisque l'intérêt que lui portait son milieu professionnel lui fournissait un filet de sûreté qui l'empêchait de sombrer trop bas.

Un soir d'été qu'elle s'était rendue à la première d'un film local indépendant, Lili avait raté son stationnement parallèle et avait accroché avec son aile droite le pare-chocs arrière gauche de la voiture qui se trouvait devant elle. Elle était sortie de son automobile toute paniquée, vérifiant en même temps si on avait remarqué sa gaffe et si elle avait causé des dommages au véhicule. C'était le cas pour ses deux inquiétudes. Elle s'apprêtait à téléphoner à Louis pour qu'il l'aide à se calmer et pour qu'il la conseille sur la suite des choses lorsqu'elle avait aperçu un homme à l'allure pressée, et surtout exaspérée, s'avancer vers elle. Il l'avait toisée sans manières avant de lui lancer :

« Mademoiselle, avez-vous vu ce que vous avez fait ? »

Lili, magnifique dans sa robe rouge échancrée, lui avait jeté un regard un peu piteux et, d'une petite voix, s'était confondue en excuses. L'homme était beau. Il ne semblait pas se préoccuper de ce qu'elle pouvait penser de lui, il paraissait vouloir en finir avec cette histoire, prendre son automobile et se rendre là où il avait à faire. Il avait soupiré devant le trop-plein de remords de Lili et lui avait dit :

« C'est bon. Ne vous inquiétez pas. Par contre, je suis attendu quelque part et je n'ai pas de temps à perdre. Pouvons-nous nous rencontrer demain pour faire le constat à l'amiable ? En attendant, je vais noter votre plaque d'immatriculation et vos coordonnées et contacter mon assureur. »

Lili avait été surprise par le stoïcisme et le sérieux de l'homme. Il ne lui avait pas souri, mais elle avait accepté. Elle-même était sur le point de manquer le tapis rouge et ne détestait pas du tout l'idée de revoir l'homme en question. Elle avait inscrit ses coordonnées sur un bout de *napkin* taché de café qui traînait dans sa boîte à gants puis ils avaient convenu de se retrouver le lendemain à midi dans un bistro qu'ils connaissaient tous les deux.

Ce n'était pas un coup de foudre. C'était quelque chose d'autre, une attirance pour quelqu'un qui ne l'aurait jamais intéressée n'eût été le contexte dans lequel elle avait pu admirer sa droiture et l'organisation irréprochable de sa pensée. Il l'avait rejointe à la terrasse où elle l'attendait, avait posé sa mallette sur la table et en avait sorti tous les papiers nécessaires au constat à l'amiable. Il lui avait tendu sa carte. Elle l'avait lue, en puisant dans son répertoire de bonne comédienne sa voix la plus suave et en empruntant un accent français :

« Mmmm. Yannick De Tilly, ingénieur en aéronautique, Bombardier. Et vous vous promenez en Mazda 5 ?

— C'est une excellente voiture qui correspond parfaitement à mes besoins, chère dame. »

Lili n'avait pu s'empêcher d'étouffer un petit rire tant elle le trouvait un peu trop maître de lui-même. C'est alors qu'il avait esquissé un sourire. Et peut-être parce que ce sourire lui donnait enfin le côté qui semblait lui manquer depuis qu'elle l'avait rencontré, peut-être parce qu'elle s'y attendait si peu, peut-être parce qu'elle avait aimé ses dents si blanches, peut-être parce qu'elle y avait vu une immense simplicité se dessiner derrière ses airs d'homme responsable, elle avait eu envie de lui.

À la fin de leur rencontre, il était séduit et il l'avait invitée au cinéma le samedi suivant. Un film comme elle les détestait bien : américain, bourré d'effets spéciaux, trop fort, trop gros, trop tout. Mais elle s'en foutait. Elle pourrait espérer qu'il poserait sa main sur sa cuisse pendant le film.

Et c'est exactement ce que Yannick avait fait. En sortant de la salle, il l'avait embrassée fougueusement en la plaquant contre un mur, derrière un escalier roulant. Il était fort, il était sûr de lui et, surtout, ne semblait pas se prendre la tête. Pour lui, il allait de soi qu'après leur première nuit ils seraient officiellement en couple. Il n'avait pas de temps à perdre. L'univers si rationnel et si logique dont il provenait faisait paraître les couleurs de Lili comme étant une petite folie dont il s'éprit rapidement.

Elle n'avait pas bronché lorsque le lendemain matin il lui avait demandé de revenir dormir chez lui le soir même, puis le soir suivant, ni lorsque, six mois plus tard, il lui avait offert une bague de fiançailles. À défaut de se sentir entièrement subjuguée et soumise à son partenaire, comme à son habitude, Lili se disait qu'au fond ça devait être ça, le vrai amour, l'amour sans souffrir, l'amour simple, l'amour sans grands hauts ni grands bas, qui permettait la construction de quelque chose de solide à long terme.

Et même si elle commençait à s'ennuyer un peu avec Yannick, non pas parce qu'il n'était pas intelligent ou attirant, mais plutôt parce que leurs champs d'intérêt ne se ressemblaient pas, Lili avait décidé d'embarquer dans le train et d'accepter de l'épouser. Après tout, il représentait tout ce qu'elle aurait aimé connaître d'un père et, à défaut d'en avoir elle-même eu un de la sorte, elle pourrait l'offrir à ses enfants. Et puis, elle se sentait en sécurité la nuit dans ses bras, elle avait l'impression que rien ne pouvait lui arriver, que ses démons se tranquillisaient, qu'elle n'avait plus à se battre pour être aimée, et même qu'elle avait un certain contrôle, un certain pouvoir sur lui, puisqu'il semblait prêt à tout pour passer sa vie avec elle.

Les noces eurent lieu six mois plus tard, puis Lili était tombée enceinte et, le jour de son anniversaire, elle avait donné naissance à un gros petit garçon de neuf livres que Yannick et elle prénommèrent Tom. Le bébé était merveilleux et Lili avait pris plusieurs mois sans travailler pour s'en occuper. Le boulot lui manquait. Terriblement. Mais elle voulait se consacrer à son fils autant que possible, même si Louis lui avait bien répété que les producteurs n'aimaient pas ça et que son absence risquait de la faire baisser de rang dans leurs bottins téléphoniques.

Lili avait peur d'y perdre sa carrière, mais trouvait tant de joie auprès de son fils que ce sentiment n'avait pas duré. Puis le petit avait commencé la garderie et Lili s'était rendue disponible pour retourner sur les plateaux. Mais le travail était plus rare et elle passait beaucoup de temps chez elle, en banlieue, dans une maison semblable à celle de tous ses voisins, et à toutes celles de la rue d'à côté, avec un garage, un jardin, un cellier, des électroménagers neufs et un mari un peu ennuyant.

Ainsi, Tom avait à peine dix-huit mois que Lili tournait en rond dans son bungalow, à la recherche de réponses à des questionnements de plus en plus pesants. *Est-ce réellement ce à quoi rimera ma vie pour les cinquante prochaines années ? Pourquoi cette existence qui, je le sais, ferait le bonheur de tant d'autres me mine-t-elle ? Pourquoi ne puis-je me contenter de ce long fleuve tranquille, aux côtés d'un homme qui ne m'excite déjà plus ni au lit ni au pied du lit, dans une maison située à des heures de trafic de tout ? Devrai-je toute ma vie prendre mon auto pour aller chercher du lait ? Suis-je vouée à une carrière d'annonceuse publicitaire pour des produits ménagers où l'on me voit passer la vadrouille avec un sourire satisfait ? À coups de quelques pubs par année, je gagne ma vie, mais certainement pas mon bonheur. Je ne suis guère à plaindre, mais je rêvais de plus, de mieux ! Et quel serait ce mieux ? Existe-t-il réellement ? Je l'espère bien, car, pour l'instant, un vide immense s'installe perfidement en moi jour après jour, dans cette ville sans trottoirs. Toutes ces choses qui devraient normalement me réjouir, tout ce qui m'entoure, ma piscine, mon homme fidèle et présent, mon spa, mon gazebo, mon garage chauffé, mon abonnement au gym, mes meubles dernier cri, creusent un grand trou que je n'arrive pas à combler, peu importe tout ce que j'ai et tout ce que je fais.*

Yannick était, de son côté, entièrement satisfait de leur vie. Il ne la remettait jamais en question et célébrait ce qui les différenciait, Lili et lui. Lorsque le regard de sa femme se perdait dans ces océans de mélancolie qui l'aspiraient de plus en plus souvent, il la rassurait en lui répétant qu'elle était sa petite *drama queen*, sa beauté tourmentée, qu'elle était faite sur le même moule que toutes ces stars troublées dont les créations naissaient dans la douleur, et que cela était normal, que cela faisait d'elle une meilleure actrice. Il l'appelait affectueusement sa Lili Marlène et lui avait donné le surnom de Lili Blues en guise de diminutif de son nom complet, Lili Blumenthal. Il lui chuchotait dans l'oreille de ne pas s'inquiéter, qu'il serait toujours là pour elle, pour s'assurer qu'elle ne perdrait pas pied, pour l'aimer, pour la ramener en sécurité vers leur nid, leur cocon que lui appréciait tant.

Malgré tout, Lili sombrait tranquillement, sachant très bien au fond d'elle-même le pourquoi du comment, mais préférant s'éviter les conséquences de la vérité. Elle attendait que quelque chose arrive, que quelque chose la fasse bouger, que la vie se charge de décider à sa place pour ne pas avoir à affronter de regrets.

Sexuellement parlant, Lili ne ressentait plus grand-chose lorsque Yannick la prenait. Elle priait intérieurement pour qu'il jouisse vite et qu'il ne lui fasse pas de cunnilingus. Elle détestait qu'il mette sa bouche sur son sexe même si, avant lui, c'était là l'une de ses pratiques favorites. Mais Yannick avait la langue maladroite, il la rentrait et la sortait rapidement, comme un petit lézard, sans grande sensualité, en lui murmurant des conneries complètement *turn-off*. Elle faisait semblant d'aimer ça, puis elle feignait l'orgasme pour en finir le plus vite possible. Elle espérait qu'il ne lui demanderait guère de pipe ou qu'il ne pousserait pas sa tête vers son entrejambe, car elle haïssait lui donner ce genre de plaisir. Si l'amour se définissait par le désir, il était clair qu'elle ne l'aimait plus.

Au tournant de ses vingt-neuf ans, elle s'était retrouvée sur le plateau d'une publicité pour une marque d'aliments surgelés. Son rôle se résumait à offrir à la caméra son plus beau sourire, traduisant un air de jeune mère de famille entièrement satisfaite par l'apport de la marque des petits pois dans sa vie et dans celle des siens. La tâche avait été accomplie avec un vif succès. Elle souriait tellement qu'on l'aurait crue tenir le premier rôle d'une pub de dentifrice. À la fin des seize heures de tournage des trois mêmes plans, elle s'était affalée sur la chaise du réalisateur et avait commencé à se masser les coins de la bouche, émettant des soupirs à la fois de fatigue et de satisfaction.

Toujours assise dans le fauteuil, profitant d'une tasse de café que lui avait apportée la régisseuse de plateau, Lili avait fermé quelques instants les yeux, savourant à la fois la boisson chaude et le sentiment du travail accompli. En les rouvrant, elle avait vu s'avancer vers elle Mathieu, le directeur photo de la pub. Il l'avait félicitée en ajoutant qu'elle lui avait rendu la tâche facile; elle était si belle à filmer.

Lili n'était pas rentrée chez elle ce soir-là. Elle avait laissé un message à Yannick, lui disant qu'elle irait dormir chez Charlotte, sa meilleure amie, qui passait un dur moment après la mort de son mari. Elle avait pris soin de texter Charlotte et de lui demander de lui servir d'alibi. Cette dernière avait simplement répondu «OK» sans lui demander plus de détails. Lili eut à peine honte de son mensonge. Quelque chose de plus fort que tout, que sa dignité, que la stabilité qu'elle avait réussi à ériger dans sa vie depuis quelques années, la poussait dans les bras de Mathieu. Et Mathieu, beau Français d'une quarantaine d'années, aurait facilement pu être quelqu'un d'autre, son avantage étant qu'il avait été le premier à offrir à Lili une aventure extraconjugale. La vérité était qu'au point où elle se situait dans sa vie elle aurait probablement accepté n'importe quelle proposition de la sorte venant d'un homme qui lui plaisait. Et Mathieu lui plaisait terriblement.

Ils avaient passé la nuit ensemble, puis s'étaient mis à se voir presque tous les jours, dans le grand loft *artsy* de Mathieu. Avec lui, elle redécouvrait son corps et l'art du plaisir qui lui avait tant manqué. Elle n'avait guère besoin de feindre l'orgasme. Il la faisait jouir avec ses mains, sa bouche, son sexe, elle en demandait encore et encore, enfin, elle retrouvait une bribe de joie dans sa routine.

Plus cette histoire se poursuivait, plus Lili était persuadée d'être effectivement beaucoup trop jeune pour s'enliser de façon permanente dans un mariage qui ne fonctionnait plus. Il ne servait à rien de sauver les meubles et les apparences. Mathieu était peut-être un prétexte, mais elle commençait mine de rien à s'attacher à lui, à aimer de plus en plus se retrouver dans son univers si artistique, si visuel, dans ce vaste appartement sans murs ni cloisons où affiches de cinéma polonais côtoyaient des reproductions de Malevitch et de Klimt, des planchers de béton et une cuisine à l'image de celle d'un vieux sous-marin soviétique, où il y avait toujours un fond de Radiohead qui jouait dans les haut-parleurs et où l'on pouvait fumer à l'intérieur, au bord de la fenêtre, mais à l'intérieur tout de même. Mathieu et elle passaient de longs après-midi à s'enivrer de hasch dans le grand lit et à faire l'amour lentement. Leur affection n'était pas une passion physique fusionnelle, mais plutôt une escapade hors de leurs vies d'adulte respectives, se traduisant par ces moments de contemplation et de fous rires, comme deux adolescents qui ont tout le temps du monde devant eux.

Après leurs après-midi de corps à corps, Lili rentrait chez elle à reculons, craignant certes de se faire poser des questions par son mari, mais éprouvant surtout une aversion profonde pour tout moment passé en sa présence. À plusieurs reprises, elle avait failli lui avouer qu'elle voyait un autre homme, lui dire qu'elle le quittait, qu'elle lui souhaitait le meilleur dans tout, mais qu'elle ne pouvait plus rester, mais elle n'en trouvait jamais la force. Il faut beaucoup de courage pour être honnête avec soi-même et il est impossible d'être honnête avec les autres si l'on ne peut reconnaître sa propre vérité. Elle se sentait trop coupable d'être celle des deux à faire le premier pas vers une vie nouvelle et craignait de se faire accuser plus tard par son fils d'avoir brisé sa famille.

Dès qu'elle rentrait à la maison, Lili se refermait sur elle-même, angoissée et les nerfs à vif. Ce n'est que dans les bras de Mathieu qu'elle avait un peu de répit, lors de leurs rendez-vous clandestins qui étaient, bien malgré elle, de plus en plus rares. Mathieu se fatiguait d'aimer dans le secret, étant lui-même un homme célibataire, peu compliqué et très enclin à vivre dans la vérité. Il s'éloignait peu à peu de cette femme qui prenait à ses yeux la forme d'un drame latent, d'une bombe à retardement et d'une personne incapable d'assumer ses actes et ses choix.

De son côté, Yannick observait que sa femme n'était plus la même, qu'elle revêtait à la maison les traits d'une inconnue, qu'elle sortait beaucoup trop souvent et beaucoup trop longtemps, et qu'elle répondait trop peu à son portable. Il avait de l'honneur et avait décidé de ne rien lui dire jusqu'à ce qu'il soit certain que ses inquiétudes étaient fondées.

Lorsque Lili ne prenait pas leur voiture, Mathieu avait l'habitude de la raccompagner à huit coins de rue de chez elle. Elle marchait ensuite la distance restante en réintégrant mentalement le rôle de la bonne épouse fidèle, comme si sa vie était divisée en deux films entièrement distincts dont elle tenait pour chacun l'affiche. C'est alors qu'un beau dimanche de juin, sous des allures d'acte manqué, ce qui devait arriver arriva.

Ce soir-là, Lili tardait encore. Yannick avait profité du fait que Tom était chez ses parents à lui pour marcher dans le quartier en l'attendant, tout en espérant trouver certaines réponses à ses questions. C'est là que le hasard, ou peut-être le destin, avait voulu qu'il surprenne sa femme chevauchant Mathieu dans la camionnette de ce dernier. Ils faisaient l'amour. Là, devant ses yeux, comme si de rien n'était. Comme s'ils étaient seuls au monde, comme si les fenêtres de la *minivan* étaient opaques, comme si le voisinage n'existait pas et surtout comme si lui, Yannick, n'avait pas sa place sur terre. Il pouvait tout voir. Mathieu qui empoignait les seins de sa femme à travers son chandail, le mouvement de va-et-vient sur les hanches de cette dernière, les grimaces de plaisir qu'ils s'offraient tous les deux. La main de Lili qui s'appuyait contre la vitre de la portière. Les fenêtres embuées ne cachaient rien. Ils n'avaient aucune gêne, aucune dignité. Yannick était bouche bée, choqué, son sang s'était glacé.

Puis elle avait tourné la tête et elle l'avait vu, complètement immobile et désemparé, debout sur le trottoir. Le temps avait cessé de progresser. Aucun des trois n'avait prise sur cet instant. Personne n'aurait su dire ce qui s'était passé dans la minute suivant le moment où les regards de Lili et de Yannick s'étaient croisés. Il y avait eu d'abord le cri strident de Lili. Mathieu qui s'était tourné vers le trottoir et qui, lui aussi, avait vu Yannick. Lili qui avait débarqué du flanc de son amant, semblant rajuster sa jupe, Mathieu qui avait hurlé « Merde ! Merde ! Quel bordel ! », mais qui était resté bien assis pendant que Lili était sortie de la voiture et courait vers son mari.

Elle pleurait. Il n'avait rien dit, mais, lorsqu'elle s'était arrêtée devant lui, il l'avait giflée. Incrédule, elle s'était attrapé la joue, avait retenu son souffle et l'avait regardé partir vers leur maison. Mathieu était alors descendu de sa camionnette et avait demandé à Lili si elle voulait rentrer avec lui. Il avait alors compris, lorsqu'elle avait tourné la tête vers lui, les yeux remplis de larmes, que c'était la dernière fois qu'il la voyait.

Il s'était dirigé vers sa voiture, avait démarré le moteur, puis était parti.

Lili s'était ressaisie et, soudainement affligée par la peur immense de tout perdre, sa famille, son nid, son fils, sa réputation, elle s'était mise à courir vers leur demeure. Yannick l'attendait dans la cuisine. Elle avait fondu en larmes et en excuses. Elle s'était trompée, c'était lui qu'elle aimait, elle le lui promettait. Ce n'était qu'une erreur de jeunesse, il devait comprendre qu'elle étouffait à petit feu dans leur stabilité, dans leur conformisme, elle ne le referait plus jamais, elle l'aimerait toujours, elle le lui prouverait, elle réparerait leur couple, leur famille.

Yannick avait inspiré profondément et il l'avait giflée de nouveau. Puis la gifle s'était transformée en coups de poing. Il l'avait frappée plusieurs fois, jusqu'à ce qu'elle ait l'œil enflé et que le sang pisse de son nez. C'était la première fois qu'il était violent, avec elle ou avec n'importe qui d'autre. Elle ne lui avait pas résisté et, tout en pleurant et en poussant des cris de douleur, avait laissé la voie libre aux souvenirs de son enfance.

Son propre père, Paul Blumenthal, un chef réputé de la cuisine française à Montréal, était décédé lorsque elle-même avait deux ans. Crise cardiaque à quarante-quatre ans. Subitement. Elle n'avait plus grand souvenir de lui mais savait qu'il l'avait aimée, qu'elle avait été sa princesse, son amour, sa petite fille chérie.

Sa mère s'était remariée quelque temps plus tard à François, un homme fondamentalement bon que Lili appelait papa, mais que la dépression récurrente avait mené à l'alcoolisme. Et que l'alcool menait à des accès de colère incontrôlables. Lorsqu'il buvait, il adressait des cris à longueur de journée à la mère de Lili, cris qui avaient le même effet que des coups de poing en plein visage envoyés à toute la maisonnée, et Lili avait passé la moitié de sa jeunesse psychologiquement K.-O., partagée entre l'amour indéfinissable qu'elle continuait de nourrir pour celui qu'elle considérait comme son père et la volonté de protéger une mère qui, elle, ne la protégeait pas puisqu'elle choisissait jour après jour de rester auprès d'un mari difficile et d'exposer ses enfants au drame répétitif d'un foyer en crise.

Poussée par l'élan de ses propres souvenirs d'enfance et par ce qu'elle avait toujours vu sa mère faire, Lili, gorgée de remords, s'était donc soumise à la violence de son mari le temps de cet instant, le temps qu'elle paie, le temps qu'elle aussi ait mal. Qu'il ne soit plus le seul à souffrir de ses actes à elle, mais qu'elle aussi y goûte, qu'elle en pleure, qu'elle s'en veuille.

Puis les coups et les gifles avaient cessé. Yannick avait craqué. Il pleurait matin et soir, et Lili lui avait proposé d'entreprendre une thérapie de couple.

Ils y étaient allés. Une fois par semaine pendant plusieurs mois. Ils avaient sincèrement essayé, d'une part et de l'autre, de réparer les pots cassés, pour le petit, pour eux aussi, pour ne pas regretter, pour ne pas se retrouver seuls et avoir à chercher, à refaire leur vie, à recommencer. Mais même en poursuivant la thérapie, Yannick montrait jour après jour une facette de lui-même que Lili n'avait jamais connue auparavant. Semblant tirer avantage de son rôle de cocu, il ne pouvait s'empêcher de s'acharner à traîner Lili dans la boue, la piétinant avec véhémence au nom de la douleur qu'il ressentait, selon lui, de sa trahison, de sa quête de « mieux », crime grave typique de la femme libérée. Il paraissait presque y prendre un certain plaisir, y trouver un droit de pouvoir, un droit d'avoir le dessus sur leur relation.

Lili était devenue une criminelle à ses yeux. Elle avait utilisé une porte de sortie. La bienséance aurait voulu qu'elle se sépare tout d'abord de Yannick, de façon élégante et saine, sans cris ni haine, sans larmes ni reproches, pour ensuite attendre religieusement plusieurs mois avant d'entamer une relation avec quelqu'un d'autre. La bonne façon de faire les choses lorsque l'on est un adulte responsable. Le protocole à utiliser en cas de séparation. Or, la théorie étant de loin beaucoup plus facile à énoncer qu'à mettre en pratique, Yannick en voulait à mort à Lili d'avoir choisi de quitter son mariage dans le drame, et cette dernière avait désormais l'impression collée à la peau que sa destinée était bel et bien vouée, comme celle de ces actrices auxquelles la comparait auparavant son mari, à un chemin de hauts et de bas, de vives passions et de profonds désespoirs, d'amours entrecroisées et de ruptures à grands éclats.

Après moult allers-retours, Yannick et Lili finirent par se séparer définitivement, et le petit Tom alla vivre chez sa mère, son père ayant choisi d'accepter un poste d'ingénieur en Colombie-Britannique afin de s'éloigner de celle qu'il appelait ouvertement « la salope ».

Lili s'était retrouvée toute seule, dans un face-à-face avec elle-même particulièrement douloureux. Elle s'était fixé pour mission de reprendre le contrôle de sa vie afin de pouvoir offrir une structure favorable à son fils, malgré l'absence du père. Mais tout d'abord, elle avait grandement besoin de réparer son estime de soi, durement minée par les événements, pour éviter de s'enfoncer dans la déprime qui planait telle une vilaine ombre au-dessus de sa personne. Elle avait donc choisi de se donner des objectifs, des buts, afin de s'éloigner le plus rapidement possible de ces sensations de chagrin, de culpabilité, de stress et de colère qui l'assiégeaient. Elle ne pourrait jamais effacer le passé, mais elle pourrait du moins en tirer des leçons afin de ne jamais le reproduire. Et de marcher la tête droite et haute vers un avenir qu'elle souhaitait taillé sur le moule de ses rêves.

Lili les avait tout d'abord redéfinis, ses rêves. Elle ne croyait guère au destin, mais se disait que, si ce dernier existait réellement, il avait trouvé la meilleure façon de lui jouer de bien vilains tours en l'entraînant dans une trajectoire si éloignée de celle qu'elle s'était tracée lorsqu'elle avait quitté l'adolescence.

Elle s'était infligé au départ beaucoup de pression. Cette traversée du désert lui faisait peur, et Mathieu n'était plus là pour lui prendre la main. À force d'hésiter, elle l'avait perdu, lui, sa porte de secours. Elle s'était donc plongée dans son travail, pour ne pas avoir à trop penser, avait multiplié les auditions, au grand bonheur de son agent, Louis, et commençait à décrocher des rôles plus importants, pas encore LE rôle de sa vie, mais peut-être bien ceux qui la mèneraient vers celui-là.

Ce qu'elle avait d'abord perçu comme une montagne à franchir était ainsi rapidement devenu un moment de grâce, une grande plage de sable blanc devant un océan de possibilités s'étalant devant elle peu importe où elle posait le regard. Elle avait alors fait le vœu de ne pas toucher à un homme pendant un an. Une réelle désintoxication. Elle avait découvert dans cette promesse envers elle-même une certaine tranquillité d'esprit, une assurance qu'elle n'avait jamais connue auparavant et un profond sentiment de sécurité, même si elle se sentait parfois seule et qu'elle en avait bien marre de se masturber pour pallier son absence de relations physiques. Elle se faisait penser à ces alcooliques qui jurent de ne plus jamais prendre une goutte et qui, en dépit des embûches qui se présentent sur le chemin du mieux-être ou que certains voient comme le chemin de la rédemption, tirent une énorme satisfaction personnelle à respecter leur engagement envers eux-mêmes. Tom allait bien, il était allé voir son père à Vancouver et, en revenant, avait décrété qu'il préférait vivre avec sa mère, ce qui avait flatté l'ego de Lili ; elle y avait vu un signe, une confirmation qu'elle était sur la bonne voie.

Car Lili était malgré tout une mère constante, une bonne mère même, pour son fils. Ses amies étaient d'ailleurs obnubilées par le fait qu'elle lui avait toujours procuré une enfance relativement stable, malgré ses hauts et ses bas amoureux, ses grands rires suivis de près par ses interminables larmes, tout en jonglant avec des horaires de tournage complètement irréguliers. Selon ses copines, elle avait eu ce garçon pour ne pas mourir dans sa propre confusion, pour se donner un repère à travers le tourbillon qu'elle était.

C'est aussi pendant cette période que Louis avait recommandé à Lili de rencontrer Olivia Carbone, une psychologue réputée pour sa maîtrise de l'approche cognitivo-comportementale et pour sa liste de clients du milieu artistique. Lili, qui n'avait pas particulièrement apprécié la thérapie de couple qu'elle avait suivie avec Yannick et qui, franchement, en avait un peu marre de se gratter le bobo, était allée à son premier rendez-vous à reculons. Elle n'en avait pas manqué un seul par la suite. Elle avait adoré Olivia, et discuter avec elle lui donnait l'impression de se tenir face à un miroir et d'apprendre à aimer son propre reflet.

Même si ses rencontres avec sa nouvelle psy l'avaient amenée à remettre en question la nécessité de son vœu d'abstinence, elle avait choisi de le maintenir et de se concentrer sur l'effacement de ses blessures d'enfance, sur la compréhension de sa personnalité et le démêlage de tous ces fils qui formaient des nœuds en elle et qui l'empêchaient de se pardonner ses erreurs.

Puis, presque un an jour pour jour après le coup d'envoi de son pacte avec elle-même, Lili s'était retrouvée sur le plateau d'un film pour lequel elle avait obtenu un petit rôle qui ne la rémunérait pas énormément, mais qui lui garantissait un contact avec Samir Abboud, le réalisateur le plus en vue du moment. Une de ses copines comédiennes avait travaillé avec lui quelques mois auparavant et lui avait décrit cette expérience comme un moment de grâce durant lequel elle avait compris la raison pour laquelle elle avait choisi de faire ce métier.

Le titre du film d'Abboud était *La Nécessité du renoncement*. Cela avait amusé Lili, qui avait toujours considéré sa période de désintoxication amoureuse comme une abstinence qui s'imposait d'elle-même. Elle n'avait pas rencontré Sam, il n'était pas présent lors de l'audition qu'elle avait passée, mais elle avait su qu'il avait approuvé son travail après l'avoir visionnée.

Elle s'était rendue au lieu du tournage avec vingt minutes d'avance, comme elle avait l'habitude de le faire pour tous ses nouveaux contrats, et s'était installée sur la chaise de maquillage, les deux yeux encore embrumés de sommeil, tenant à la main un café chaud dans un gobelet de styromousse. Son rôle était celui d'une gardienne de musée qui frôlait la folie en s'imaginant chaque nuit plonger dans les œuvres exposées. On lui avait appliqué des tonnes de fond de teint et on lui peignait le contour des yeux d'un large trait de khôl. Elle humait en même temps son café, le portant à ses lèvres en prenant bien soin de savourer la boisson chaude avant de l'avaler, tout en fermant les paupières.

Un moment donné, à mi-tasse environ, elle avait ouvert ses yeux et avait aperçu dans le miroir la silhouette de ce réalisateur dont elle avait tant entendu parler. Grand, un corps fait de muscles et de tensions, une stature à la fois imposante et délicate par la précision des mouvements, un visage prêt à être embrassé, une bouche d'homme aussi sensuelle que celle d'une femme. Des yeux d'un bleu profond pouvant paraître vert au premier regard, mais en fait presque aussi gris que la mer Baltique, une barbe de trois jours, des cheveux courts rasés à un demi-centimètre du coco. Un col roulé bourgogne et un jeans lui seyant parfaitement.

Lili avait été frappée de plein fouet par l'aura de cet homme. Pendant une fraction de seconde, un soubresaut l'avait traversée qui lui avait donné l'envie de déguerpir le plus rapidement possible. Elle savait qu'elle ne résisterait pas. Elle reconnaissait cette sensation qui la rendait complètement disponible, qui la mènerait à s'offrir sans retenue, corps et surtout âme. Le corps, ça pouvait toujours se rattraper, mais l'âme, une fois qu'elle glissait hors de sa peau pour s'immiscer dans celle d'un autre, était difficile à reprendre. Lili savait qu'en se mettant dans cette position elle risquait gros. Qu'elle risquait de laisser s'échapper toute cette sérénité durement acquise à coups de renoncement sexuel et de thérapie. Elle avait eu affreusement peur, mais avait délibérément choisi de rester. Pas seulement parce que se lever et quitter un tel plateau signifierait un coup de fil terriblement colérique de la part de Louis, mais aussi parce qu'elle avait pris la décision tout à fait consciente de se prêter au jeu de la séduction. C'était plus fort qu'elle.

Sam semblait tout aussi sensible au charme de Lili. Leurs regards s'étaient croisés dans le miroir et s'étaient accrochés pendant dix longues secondes silencieuses. Puis Sam s'était solennellement présenté et lui avait souhaité la bienvenue sur le plateau, ajoutant qu'il avait grandement entendu parler de son travail. Lili avait émis un rire nerveux un peu idiot, lui répondant « Moi de même », avec une fausse allure *cool* et décontractée. Sam avait quitté la pièce dans des effluves de Swiss Army qui avaient aguiché les sens de la comédienne.

Sous les pinceaux de Kelly, la maquilleuse, Lili s'était complètement évadée de la réalité, mettant les pieds dans une sphère d'illusion et de romantisme, un univers parallèle à la fois magique et dangereux où son imagination repêchait ses rêves et l'entraînait vers des fantasmes qui se promenaient dans des nuits chaudes et orageuses de sexe et d'amour, pour se poser sur un idéal d'amour-passion qui triompherait du temps et de ses propres démons, et qui la rendrait heureuse à tout jamais.

À peine une minute après avoir rencontré Sam, elle commençait déjà son chemin de perdition.

Comment ferait-elle pour se concentrer aujourd'hui ?

La voix de Kelly qui criait à la régisseuse qu'elle avait besoin de deux minutes de plus l'avait ramenée sur terre. Une fois la transformation terminée, Lili s'était rapidement levée de sa chaise, s'était raclé la gorge, avait envoyé une respiration profonde vers son abdomen et posé son regard sur un point fixe, ses cheveux platine dans le miroir. Quelques instants plus tard, un technicien gringalet était venu la chercher :

« Êtes-vous prête ?

— Oui. Absolument. »

Elle ne mentait pas. Elle saurait garder son professionnalisme et montrer à Sam ce dont elle était capable.

Le tournage était passé en un clin d'œil. Lili remplissait son rôle à merveille. Chaque fois que Sam venait lui donner des directives ou lui suggérer un angle d'interprétation, son estomac se nouait, sa voix montait de trois octaves et elle peinait pour garder son attention ailleurs que sur les mains, les yeux, l'haleine ou l'odeur de l'homme. Le plateau était loin d'être un espace d'intimité, mais elle avait l'impression que, chaque fois qu'il s'approchait, une bulle isolée se formait autour d'eux, faisant disparaître le reste de l'équipe.

Une fois le boulot terminé, Lili s'était dirigée vers sa loge en souhaitant secrètement être suivie par le regard et peut-être même par la personne de Sam. Elle n'avait pas espéré en vain. Sam se trouvait exactement à six mètres d'elle. Elle s'était retournée et lui avait adressé un sourire qui voulait tout dire. Il n'avait pas bronché et avait continué à la suivre. Elle avait ouvert la porte de sa loge et y était entrée. Il en avait profité pour faire de même, sans dire un mot, la refermant doucement derrière lui.

Sam s'était approché lentement. Lili avait reculé jusqu'à appuyer ses fesses sur le comptoir, sous la chaleur extrême des *spots* de maquillage. Il avait continué son mouvement vers elle, tendant les bras. Il l'avait attrapée par les hanches. Elle se répétait sans arrêt cette règle qu'elle avait décidé de s'imposer : *Don't fuck the payroll. Don't fuck the payroll. Don't fuck the payroll.* Mais il était trop tard. Elle n'avait rien dit et avait fait à sa tête, rejetant ses cheveux vers l'arrière, lui offrant son cou. Sam avait posé ses lèvres sur sa peau, collant son corps contre le sien. Sa bouche avait remonté vers celle de Lili et il l'avait tendrement mordue. Elle avait poussé un soupir et Sam avait aussitôt plongé la langue dans sa bouche, attrapant ses cheveux avec sa main droite et glissant la main gauche dans son legging.

Avec des gestes vifs, il avait déroulé ledit legging, puis il avait retiré sa propre ceinture et son jeans. Le blouson de Lili avait été projeté dans un coin de la loge, et les mains de Sam s'étaient emparées avec force de sa poitrine tout offerte. Il avait littéralement arraché son soutien-gorge puis l'avait léchée sans hésitation de la pointe de ses seins jusqu'à son string. Il s'était ensuite mis à genoux, écartant le string d'une main et plongeant cette fois sa langue en elle avec la ferme intention de la faire jouir, chose qu'il avait réussie en moins de deux minutes. Elle s'était alors demandé comment elle avait pu s'interdire un tel plaisir pendant un an.

Puis Sam l'avait retournée et l'avait pénétrée lentement. Ils s'étaient accomplis tous les deux dans un corps à corps aussi serré que passionné.

Personne n'avait cogné à la porte. Personne ne les avait interrompus. Aucun téléphone cellulaire n'avait sonné. Sam et Lili partageaient l'impression de faire partie d'une troisième dimension, hors du temps. Cette sensation fut augmentée par la décharge complètement insensée de phéromones qui flottait dans l'air.

Sam interrogeait longuement le regard de Lili. Il ne pouvait dire pourquoi ni comment, mais cette femme venait de chambouler tout ce qu'il s'était acharné à construire et à maintenir des années durant. Il sentait son sexe redevenir dur. Lili ne l'avait pas fait attendre, et c'est dans une étreinte passionnée qu'ils s'étaient enlacés de nouveau, sur le plancher.

Ils avaient quitté le studio à 4 heures du matin, bras dessus bras dessous, et Sam avait promis de l'appeler le lendemain. Même si Lili ne le croyait pas, elle s'était risquée à espérer que cela serait vrai.

Chapitre quatre

Dans sa grande chambre sans âme, Vanessa revoyait sa vie se dérouler devant ses yeux. Cette vie qu'elle trouvait maintenant injuste. Sa seule consolation était de penser que, quelque part, le karma se chargerait de la venger. Elle nourrissait cette idée jusqu'à plus soif, se répétant que quiconque causait du mal à autrui recevrait un jour un boomerang en plein visage. En interprétant à son avantage cette notion du karma qu'elle comprenait mal, n'ayant jamais cherché à l'approfondir, elle se plaçait dans une position de victime qui la poussait à s'apitoyer encore plus sur son propre sort.

Sam et elle s'étaient rencontrés une dizaine d'années auparavant, lors d'un souper chez des amis communs. Ils étaient tous les deux alors dans la jeune trentaine et brillaient par leur vivacité d'esprit et leur renommée dans le milieu, lui en tant que réalisateur et elle comme comédienne dans une télésérie populaire du moment. Leurs hôtes les avaient assis côte à côte, et ils s'étaient rapidement engagés dans une conversation imperméable aux autres convives, se dévorant des yeux. Au fil de leurs discussions, ils avaient découvert qu'ils partageaient des origines communes. Sam était né au Liban peu avant l'éclatement de la guerre, au milieu des années 1970. Avec la montée des tensions, ses parents, des chrétiens de Beyrouth, avaient pris la sage décision de venir rejoindre leurs cousins déjà émigrés au Canada. C'est ainsi que Sam avait grandi dans Ville Saint-Laurent, entre cette culture du Moyen-Orient qui était la sienne et celle des années 1980 montréalaises.

La mère de Vanessa, Chiara, était née à Campobasso, dans le Molise italien, peu après la Seconde Guerre mondiale, et sa famille avait quitté la pauvreté au milieu des années 1950 pour une vie meilleure au Canada. Chiara avait passé son enfance dans Saint-Léonard, mais avait été la première des siens à s'intéresser à un jeune homme non italien. Elle avait rencontré Habib, un Libanais d'origine qui avait fui la guerre civile avec ses frères, dans une discothèque de la rue Crescent et l'avait épousé en secret trois mois plus tard, au grand désespoir de ses parents, qui souhaitaient la voir s'unir à un Italien. Chiara et Habib avaient eu deux filles, Vanessa et Sara, dont la beauté s'expliquait en grande partie par leurs racines méditerranéennes mixtes. Deux peuples de soleil et de tempérament, deux peuples qui avaient vu la guerre de près et qui avaient abandonné leur patrie dans l'espoir de donner une vie meilleure à leurs descendants.

Après cette soirée où ils s'étaient laissés en échangeant leurs numéros de téléphone respectifs, Sam avait invité Vanessa à manger dans un *supper club* du centre-ville, puis à poursuivre la nuit dans son lit. Sam était un homme que l'on ne remarquait de prime abord pas nécessairement. Loin d'être fringant ou de chercher à mettre de l'avant ses atouts physiques comme tous ces petits jeunes que Vanessa rencontrait dans les restaurants et les bars avec ses amies, Sam avait le don de cultiver le mystère autour de sa personne. Sans jamais en faire trop, il portait toujours des vêtements qui allaient comme un gant à sa stature de chat élancé, et il s'occupait de lui comme de ses affaires, faisant attention à tout ce qu'il mangeait comme s'il était une fille, pratiquant de nombreux sports afin de maintenir en forme les différentes parties de son corps. Ses yeux, d'un bleu profond malgré son allure fortement moyen-orientale, parlaient d'eux-mêmes, lui laissant le loisir d'être un homme de peu de mots. Il pesait chacune des paroles qui sortaient de sa bouche, s'assurant ainsi de ne jamais se compromettre en dévoilant le fond de ses pensées, ce qui ajoutait un élément de plus à l'aura de mystère qui l'entourait. Vanessa savait qu'il était dangereux de tomber amoureuse d'un tel homme. Il était de ceux qui pouvaient faire plonger leurs compagnes dans une insécurité permanente, attirant facilement les regards et l'attention de rivales potentielles. Mais Vanessa avait une confiance surdimensionnée en ses propres atouts, sachant très bien que ses lèvres pulpeuses, que le noir de jais de ses cheveux, que la profondeur du marron de ses yeux et que son corps qu'elle entretenait à la perfection pour son rôle de Laura n'avaient rien à envier à une autre femme. Elle était au sommet de sa beauté, dans la fleur de la jeunesse, et était reconnue partout où elle mettait les pieds, se faisant même appeler Laura par ceux qui l'interpellaient dans la rue.

La première nuit qu'ils avaient passée ensemble avait été comparable aux premières fois des grandes histoires d'amour des romans à l'eau de rose ; même s'ils ne se connaissaient que très peu, leur désir, propulsé par leur charme respectif, avait eu le temps de croître pendant les heures précédentes. Sam, maîtrisant à merveille l'art des caresses et de la langue, l'avait entièrement assujettie à la fièvre qu'il avait allumée en elle. Dès lors, Vanessa s'était sentie disparaître au profit d'une passion comme elle n'en avait jamais connu auparavant. Assoiffée et soumise, elle s'était complètement ouverte à Sam et l'avait laissé faire ce qu'il voulait de son corps. Cette nuit-là, puis les nuits suivantes. C'était le début d'une relation à caractère fortement sexuel. Une relation trop rapidement bâtie sur l'expérience charnelle, faisant en sorte qu'ils n'arrivaient jamais à s'aimer sainement ailleurs que dans le lit ou dans l'envie de l'autre. Tous les sentiments étaient de mise, sauf les plus sains. Avec la passion que leur jeunesse et leur aura leur conféraient venait inévitablement une propension à la jalousie, à la possessivité, à la bouderie, aux larmes de l'une et aux reproches de l'autre. Sam était beaucoup plus dévoué à sa carrière qu'à son couple et Vanessa lui en voulait de ne pas mettre la même énergie dans leur relation que dans ses films. Sam hésitait à s'engager, il n'avait pas la tête à ça, mais il ne pouvait supporter l'idée de savoir Vanessa dans les bras d'un autre.

Cela avait abouti à des années d'espoir et de rendez-vous, de ruptures et de retours passionnés, de promesses et de déceptions, d'attentes et de compromis, d'indécision et de regrets. Vanessa voyait ses plus belles années s'écouler à travers la toxicité de cette relation. Elle quittait Sam puis le suppliait de la reprendre, s'accrochant à sa manche comme à une bouée de sauvetage.

Puis Laura, le personnage que Vanessa campait dans la télésérie à succès qui l'avait fait vivre pendant presque huit ans, avait été déclarée morte par les scénaristes et, après ce dernier épisode, elle n'avait guère réussi à se renouveler ailleurs. Découragée, fatiguée, elle n'avait plus la tête à l'ambition comme avant, mais elle ressentait toujours le besoin d'être adulée d'une façon ou d'une autre. Sam ne lui apportait pas de réconfort et, à trente-quatre ans, elle se trouvait à la croisée des chemins. Elle constatait tristement que le sablier, sous le joug de son horloge biologique, égrenait ses jours de fertilité.

Vanessa était terrorisée à l'idée de se voir vieillir seule et sans enfants, devant affronter l'insécurité financière et les reproches de ses parents qui lui faisaient constamment la morale, la comparant sans cesse à sa petite sœur, Sara, qui, à trente et un ans seulement, avait épousé un type bien, un Québécois de souche qui avait déjà deux enfants d'une union précédente.

Vanessa avait donc imposé à Sam un énième ultimatum. Soit il l'épousait pour en finir avec l'hésitation permanente qu'il démontrait à l'égard de leur relation, soit elle rompait, pour de vrai cette fois-là, quitte à changer de ville ou de pays afin de ne plus jamais le revoir. De toute manière, elle n'avait plus rien à perdre. Ou ça passait, ou ça cassait.

Samir, lassé par les crises de Vanessa et sachant très bien qu'elle ne le lâcherait jamais, et surtout qu'elle ne ferait rien de tout ce dont elle le menaçait, la trouvait mignonne dans ses larmes et avait fini par acquiescer à sa demande, se disant que finalement ça ne changerait pas grand-chose, mais qu'au moins elle arrêterait de rendre ses journées infernales à coups de textos émotifs et de bouderie téléphonique chronique. Et puis, ses parents à lui aussi commençaient à s'en faire. Trente-six ans, un travail, de l'argent, mais pas de maison, pas d'épouse et pas d'enfants. Son père, Mounir, en était même déjà venu à l'interroger sur son orientation sexuelle, puisque Sam n'amenait Vanessa que très rarement chez eux. Les cousins parlaient. Sam savait aussi que le jour où il scellerait devant Dieu son destin à celui d'une femme, surtout si elle avait un peu de sang libanais, son père lui paierait la mise de fonds d'une maison près de la demeure familiale. Et puis, il l'aimait malgré tout, sa Vanessa, avec son excessivité frôlant le trouble de la personnalité limite, son besoin insatiable d'attention et, surtout, son aisance sous les draps. Il était attaché à elle et préférait de loin s'en faire une alliée à vie plutôt qu'une ennemie, ce qu'elle deviendrait inévitablement s'il ne lui passait pas la bague au doigt.

Des noces en grande pompe avaient eu lieu, quoiqu'un peu alourdies par les traditions familiales. Après les célébrations, les nouveaux mariés avaient pris un bateau de croisière un peu kitsch pour leur lune de miel. Ils avaient passé leur temps presque entièrement enfermés dans leur cabine où ils avaient sans arrêt fait l'amour pour mieux déjouer ces grands silences qui n'hésitaient pas à se pointer lorsqu'ils se retrouvaient en tête à tête.

De retour à la maison, ils avaient emménagé dans le bungalow qu'ils avaient acheté avec l'aide du père de Sam. Tout était payé. Comptant. Pas d'hypothèque, pas de problème. Que du temps pour bosser et pour se construire une vie que tous les voisins, les cousins et les collègues de travail envieraient.

La *business* de l'un, les auditions de l'autre. Sam et Vanessa se perdaient de vue. Surtout que la maison de production cinématographique de Sam continuait de multiplier les succès, tandis que Vanessa se voyait refuser tous les rôles pour lesquels elle auditionnait, étant sans cesse reléguée au quatrième ou au cinquième plan.

De nombreuses fois, elle avait demandé à Sam de la faire jouer dans ses films, mais, à tout coup, il s'y opposait fermement. Il tournait le fer dans la plaie en ajoutant qu'elle n'avait plus l'étoffe pour faire ce métier.

« Tu n'as plus ce qu'il faut pour être comédienne. Tu ne veux jouer que des personnages brillants ou de jeunes femmes tout en beauté. Tu as refusé tous les rôles qui ne mettaient pas tes atouts physiques en valeur. Tous les contre-emplois. On dit que tous les acteurs sont narcissiques. Peut-être, mais cela ne signifie pas que tous les narcissiques sont des acteurs. De quoi te plains-tu, Ness ? Tu n'as même plus besoin de travailler, pourquoi t'entêterais-tu à le faire ? Je m'occupe de toutes tes dépenses depuis notre mariage, tu as le loisir de remplir tes journées comme tu veux, occupe-toi, va suivre des cours de volley-ball ou de Pilates, je ne sais pas, moi, écris un bouquin, mets-toi à la course à pied, à la rigueur, voyage ! Tu as ma bénédiction ! Va voir tes cousins en Italie ou tes grands-parents au Liban, prends du temps pour te ressourcer, mais je t'en supplie, épargne-moi tes crises exis-tentielles et fous-moi la paix si tu veux continuer à magasiner avec ma carte platine tous les week-ends. Tu me bouffes toute mon énergie avec tes caprices. Tu l'as déjà eue, ta carrière, tu ne manques de rien, laisse une chance aux autres, main-tenant. C'est ça, la vie, tes quinze minutes de gloire sont ter-minées, tu n'es pas la première et tu ne seras pas la dernière à qui ça arrivera. Tu veux que je te donne un conseil pour être heureuse ? Apprends à vivre avec. Le secret du bonheur se trouve dans la capacité d'adaptation. »

Chacune de ces discussions concrétisait en Vanessa un sen-timent d'inutilité, d'oisiveté, chose inhabituelle pour cette femme qui jamais ne s'était auparavant sentie non impor-tante. Cette nouveauté empoisonnait peu à peu ses journées, creusant en elle un gouffre dans lequel, malgré les riches sou-venirs d'un passé qu'elle se décrivait comme glorieux, elle avait tout le loisir de voir croître une certaine envie envers ses anciennes collègues qui, elles, travaillaient autant, et d'entre-tenir une animosité grandissante envers les réalisations pro-fessionnelles de son mari.

Elle en était venue à la conclusion malsaine que Sam se nourrissait du déclin de son étoile à elle pour faire luire la sienne, à force de dénigrer ce qui l'avait jusque-là définie, son talent, sa lumière, l'essence même de sa personne. Depuis qu'elle était enfant, on la félicitait pour ses beaux sourires, ses dents parfaites, sa facilité à divertir les invités à la maison avec tous les spectacles qu'elle montait et qui rendaient ses parents si fiers. Elle s'était toujours sentie spéciale, quelque chose en elle la démangeait depuis qu'elle était entrée à l'école secondaire. Il fallait que le monde la connaisse et soit au courant de son existence. Son nom devrait un jour ou l'autre être affiché sur une marquise illuminée.

Mais elle n'avait plus à s'entêter pour bien longtemps avec Sam à ce sujet.

Quelques mois plus tard, elle avait appris qu'elle était enceinte.

La grossesse avait été difficile et s'était terminée par une éclampsie pour Vanessa et par une crise de panique magistrale pour Sam. Emma avait vu le jour par césarienne après de longues et pénibles heures durant lesquelles on avait craint pour la santé et de la mère et de la fille. Vanessa n'avait pu voir son bébé pendant trois jours, étant elle-même dans un coma provoqué. Sam s'était occupé, épaulé par les infirmières, de sa jolie petite brunette, digne fille de ses parents, un poids plume qui lui avait fait craindre pour sa santé future à cause de son aspect si fragile. Les médecins avaient rassuré Sam. Emma irait bien. C'était sur la mère qu'il faudrait veiller.

À leur retour à la maison, Sam avait vite été débordé par la situation. Non seulement la petite Emma ne dormait que très peu et hurlait la plupart du temps, mais Vanessa refusait catégoriquement de s'en occuper et de l'allaiter. Elle regardait à peine son bébé. Le post-partum était violent. Sam n'y comprenait plus rien et, au lieu de prendre congé pour rester auprès de sa femme et de sa fille, il avait choisi de s'enivrer dans son travail, en *workaholic* pur et dur qu'il était. Il avait donc envoyé sa mère, Nour, au chevet de sa femme et de son enfant. Pour lui, c'était la chose à faire. Vanessa ne pouvait cependant supporter sa belle-mère, et leur cohabitation temporaire s'était rapidement traduite en catastrophe, l'une traitant l'autre comme une servante, et l'autre refusant de lui adresser la parole.

Mais Sam s'en lavait les mains. Il ne manquait rien à Vanessa. Pourquoi s'entêtait-elle donc à lui compliquer la vie, à lui, qui se tuait au travail pendant qu'elle se prélassait dans son lit et que son bébé était tout à fait en bonnes mains avec la grand-mère ? Vanessa, de son côté, refusait de prendre les antidépresseurs que son médecin lui prescrivait. Elle disait à Sam que ces pilules-là, c'était pour les faibles, pas pour elle, pas pour une femme de son calibre. Elle, elle serait assez forte pour s'en remettre. Et puis, elle refusait d'utiliser le terme « dépression ». Les autres autour d'elle constituaient le problème. Elle n'était jamais assez écoutée, comprise ou soutenue. Ni par rapport au bébé, ni par rapport à sa carrière. Et pour elle, ce bébé signifiait la mort définitive de sa carrière. D'une certaine façon, en voulait-elle à sa fille ? Peut-être, mais elle ne se l'avouerait jamais. À ses yeux, si son grand talent n'était plus apprécié de par le monde, c'était la faute de son mariage, de son bébé, des stations de télévision, des producteurs, des agences de *casting*, de l'état de l'industrie, bref, de tous, sauf de la sienne. Et elle en pleurait nuit et jour.

Après la naissance d'Emma, le couple ne répondait plus qu'au strict minimum des critères requis pour sauver les apparences. Le peu de tendresse qu'éprouvait auparavant Sam à l'égard de sa femme s'était évaporé en même temps que la fréquence de leurs relations sexuelles. Même la cordialité et le respect n'arrivaient plus à se tailler une place dans l'union. Les insultes fusaient de plus en plus et le rire avait déserté leur quotidien. Les cris ne tardèrent pas à s'incruster dans leur routine. Le sceau du respect était brisé. Et une fois dans cet état, il serait fort difficile à réparer. Sam et Vanessa le savaient, mais ils continuaient à vivre dans une espèce de déni à travers duquel, étrangement, ils réussissaient à trouver un certain confort. On s'habitue à tout. Même au désamour.

Ils avaient développé entre eux un langage technique qui concernait uniquement les besoins du bébé et de la maison. Pour le reste, c'était chacun pour soi. La belle-mère avait fini par retourner chez elle, épuisée par la tension régnant dans le foyer de son fils et complètement abasourdie par l'ingratitude magistrale de sa bru.

Emma avait cinq mois. C'était un bébé radieux, souriant, qui faisait presque ses nuits grâce à la constance et aux bons soins de sa grand-mère. De son côté, Vanessa se remettait peu à peu de son post-partum, elle recouvrait son énergie et son goût à la vie. Elle se félicitait d'ailleurs d'avoir su le faire sans recourir aux médicaments qu'on lui avait fortement suggérés, sans thérapie, et s'en vantait à qui voulait bien l'entendre.

Cela la confortait dans son illusion qu'elle était spéciale, elle. Qu'elle méritait qu'on le sache, qu'on l'admire pour cela. Elle retrouvait sa taille de jeune fille, et sa grossesse avait miraculeusement réussi à estomper ses débuts de pattes-d'oie. Elle se sentait bien, presque désirable, et avait le goût de sortir, de se montrer, de passer plus de temps à l'extérieur de la maison. Elle en avait parlé à Sam qui lui avait répondu de faire ce qu'elle voulait, que, de toute façon, il était trop pris par un nouveau film pour s'en préoccuper. Vanessa avait vu en cela une bénédiction de la part de son mari et avait décidé de faire garder Emma un peu plus souvent, par ses parents à elle, bien entendu. Nour lui téléphonait régulièrement pour avoir des nouvelles de sa petite-fille et pour lui signifier qu'elle souhaitait s'en occuper, mais Vanessa avait choisi très délibérément d'ignorer chacun de ses coups de fil. Elle préférait s'en remettre à sa mère et éviter sa belle-famille dont elle n'appréciait en fait que le père, et surtout l'argent que ce dernier leur versait dans le compte conjugal de temps à autre, en guise de bienveillance.

Elle avait commencé par s'inscrire au gym, histoire de redéfinir ses muscles effacés par la maternité. Elle avait assisté à deux cours de Zumba et à un entraînement particulier pour décréter par la suite que son corps, fragilisé par la césarienne, n'était pas prêt pour ce travail trop demandant. Elle était encore fatiguée. La professeure de Zumba lui avait suggéré d'essayer le yoga. Or, Vanessa avait de gros préjugés envers cette discipline à laquelle s'adonnaient dans le temps la plupart de ses consœurs comédiennes. Mantras, mandalas, chakras et pseudo-exercices portant le nom complètement taré de «salutations au soleil» ne pourraient certainement pas lui redonner sa silhouette ni sa fougue d'antan. Elle en avait glissé un mot à sa meilleure amie d'enfance, la rondelette Angela Cordone, mère de la petite Meghan, du même âge que son Emma.

«Ness, je crois que ce truc, ce n'est pas pour toi. Que vas-tu faire à te toucher les orteils pendant qu'une dame aux aisselles velues, avec des tatouages de proverbes du genre *Love now* ou *Carpe diem* et qui pense avoir trouvé le nirvana te dit de respirer? Voyons, de toute façon, tu es bien assez mince comme ça, ma mère n'arrête pas de me dire que tu as les joues creuses et qu'il faudrait que tu manges plus. Oublie ce truc pour les gens qui se cherchent... Trop de *soul searching* n'est pas bon pour l'esprit, on finit par chercher les mauvaises choses. Et par les trouver. »

Vanessa avait souri intérieurement en laissant son amie la conseiller. Angela ne bougeait pour ainsi dire littéralement pas du tout, ce qui expliquait en partie son surpoids et par conséquent celui de sa petite Meghan, qu'elle gardait avec elle à longueur de journée... Elle passait son temps à la maison et, celle-ci étant perpétuellement en désordre, s'y déplacer et surtout y trouver ce que l'on cherchait constituait un défi en soi. Ses activités préférées se résumaient à faire un tour au centre commercial, à manger, à engueuler son mari, Dino, et à appeler sa mère. Vanessa la jugeait beaucoup et ne se gênait pas pour le lui faire savoir, mais elle n'osait pas s'avouer à elle-même qu'au fond elle l'enviait profondément. Car Angela était heureuse. Elle ne se torturait jamais mentalement, ne se posait que peu de questions existentielles, ne nourrissait pas de réelle ambition professionnelle, ne ressentait aucunement le besoin de briller, assumait entièrement son épaisse silhouette, la mettait en valeur, même, profitait sans remords des plaisirs qui sont pour d'autres des plaisirs coupables, et n'hésitait pas à remettre l'empoté Dino à sa place lorsqu'elle estimait qu'il avait dépassé les limites de la décence. Angela incarnait tout ce que Vanessa n'était pas, mais cette joie qu'elle avait si facile était un aimant pour ceux qui la rencontraient.

Peut-être parce qu'elle était secrètement jalouse de son bonheur, Vanessa aimait défier les opinions de son amie et s'était rendue, quelque peu à reculons, dans un studio de yoga, sans le dire à qui que ce soit. À sa grande surprise, et malgré l'aversion qu'elle éprouvait pour la voix mielleuse de sa professeure qui ne se gênait pas pour donner, entre les postures, des conseils de vie à saveur *New Age*, elle avait dû s'avouer qu'elle ressentait une immense sensation de bien-être à la fin du cours, dans le *savasana* final, la posture du cadavre, là où le corps n'est plus qu'un poids lourd étalé de tout son long au sol, un poids lourd qui respire. Après son premier cours, elle avait déjà hâte au suivant.

Elle s'était mise à fréquenter le studio de plus en plus souvent, laissant la petite Emma à sa mère chaque jour. Elle retrouvait un sens à son quotidien, elle avait l'impression de redécouvrir son corps et de le faire sien à nouveau. Comme sa vie sexuelle était à plat, elle explorait avec délectation toutes les sensations physiques que lui procurait le yoga. Elle retrouvait un sens communautaire à sa vie, s'absentant au moins un soir par semaine pour participer aux événements du centre, où elle avait acheté le forfait le plus cher. Elle s'initiait à la méditation, au chant indien, au hatha yoga, au yoga yin, au yoga chaud, à certains principes bouddhistes et zen. Mais ce qui l'interpellait le plus était le yoga Ashtanga, qu'elle considérait comme étant la forme la plus pure de cette discipline et, surtout, celle qui lui promettait le bonheur absolu, le Samadhi.

Elle faisait de sa nouvelle passion une priorité, y trouvant un refuge à la vacuité de son mariage et aux pleurs de son bébé, qu'elle laissait désormais jour comme nuit aux bons soins de ses parents, qui ne s'en plaignaient d'ailleurs pas du tout. Même si leur conception du yoga était un peu floue, ils préféraient que leur fille s'adonne corps et âme à cette activité plutôt que de la voir pourrir dans la solitude à la maison. Vanessa continuait de côtoyer Angela et s'était décidée à lui faire part de ses nouvelles révélations intérieures que chacune de ses séances de yoga lui dévoilait. À de nombreuses reprises, elle avait essayé en vain de convaincre son amie de l'y accompagner.

Un jour, alors qu'elles s'étaient rejointes dans un restaurant de leur banlieue avec leurs petites, Vanessa s'était emportée à cause du plat que son amie avait commandé. Un steak. Vanessa avait longuement sermonné Angela, allant jusqu'à lui dire qu'elle contribuait au déclin de la planète et qu'elle était une égoïste finie, avant de quitter le restaurant en traînant sa petite Emma derrière elle.

Les deux amies avaient cessé de communiquer, et Vanessa s'était engouffrée de plus belle dans sa pratique du yoga. Il ne se passait plus un jour sans qu'elle file au studio, y restant parfois jusqu'à six heures consécutives, assistant à tous les ateliers possibles, de l'art de la fermentation et du kombucha, de la méditation vipassana et du yoga acrobatique aux cours spécialisés sur l'ouverture des hanches.

Aux yeux de Sam, sa femme était officiellement devenue folle avec ses délires de yoga, mais il avait choisi de la laisser tranquille, car il préférait de loin lorsqu'elle s'occupait ailleurs plutôt que lorsqu'elle s'acharnait à se plaindre de ses malheurs et à lui reprocher d'en être la source.

Mais étonnamment, après la remise en forme de Vanessa, ils avaient recommencé à coucher de temps en temps ensemble, de façon mécanique, juste pour dire, sans caresses ni tendresse, pour essayer peut-être de réanimer un vestige du passé sans réellement avoir l'espoir de réussir. Le soir venu, dans leur lit *king* où ils s'éloignaient le plus possible l'un de l'autre, Sam attendait que sa femme soit complètement endormie pour glisser une main sous sa robe de nuit. Il cherchait son sexe avec ses doigts, en franchissait la barrière de poils et y enfonçait tranquillement son index et son majeur en émettant de longs râles. Vanessa se réveillait alors et, plutôt que de repousser celui qu'elle préférait désormais ignorer dans la vie de tous les jours, elle écartait ses jambes, l'invitant en elle. Ils baisaient machinalement, mais s'accrochant comme deux assoiffés, non pas l'un de l'autre, mais plutôt de ce mouvement de vie qui était devenu si rare dans leurs réalités respectives. Sam jouissait en elle, sans l'embrasser, posant une main écrasante sur ses seins avec pour seul bruit une respiration démesurément sonore. Sans dire un mot, ils se retrouvaient comme autrefois dans cette sexualité qui représentait leur dernier point d'ancrage. C'est ce qui les avait unis et c'est ce qui les maintenait désormais ensemble.

Ça, et le contrat conjugal. Sam savait très bien que, s'il la quittait, non seulement Vanessa le lessiverait et ferait tout en son pouvoir pour lui rendre la vie insupportable, mais surtout, qu'elle ne serait jamais capable de se débrouiller de nouveau dans la jungle du monde moderne. Sam ne supportait plus sa femme mais ne souhaitait pas pour autant son malheur ; elle était la mère de son enfant, concept sacré dans le bassin de la Méditerranée. Et qu'en penserait son propre père ? Et sa mère ? Et ses cousins ? On ne se mariait certainement pas pour divorcer quelques années plus tard. On promettait devant Dieu, on devait assumer devant les hommes.

À travers cette dynamique un peu tordue, Emma faisait ses premières dents, ses premiers pas, commençait à aller sur le pot et à parler, et apportait un peu de joie et de lumière dans ce foyer où chacun se complaisait dans une union qui rimait beaucoup plus avec obligation qu'avec choix. Vanessa était devenue professeure de yoga, ayant achevé une formation de trois cents heures pour enseigner sa nouvelle passion. Elle souriait en permanence, d'un sourire vide et dénué de joie de vivre terrestre, mais empli d'une sérénité aux allures fausses, une sérénité de Schtroumpfette illuminée.

Sam la regardait aller avec une condescendance frôlant la pitié. Il se servait de son propre *workaholism* pour balayer du revers de la main les affres de son quotidien matrimonial. Il prenait la fuite au lieu de chercher à rétablir son mariage ou du moins une quelconque entente qui limiterait la tension semblable à un brouillard permanent en sa demeure. Certains se perdaient dans l'alcool chaque soir, dans la cocaïne sur les tournages ou dans des relations extraconjugales insignifiantes pour remplir le trou que creuse jour après jour une vie où l'on se ment à soi-même, mais, chez Sam, c'était le travail qui servait de béquille.

Vanessa continuait à pratiquer un détachement volontaire de la réalité, considérant que la souffrance était le propre de l'attachement et que plus elle flotterait au-dessus de ses journées, tel le Hollandais volant, moins elle serait propice à être atteinte par le retentissement des échecs de sa carrière et de son mariage, qu'elle ne considérait d'ailleurs plus comme des échecs, mais comme des signes du destin l'ayant menée vers sa nouvelle voie, celle de répandre la sérénité et la paix intérieure en enseignant aux autres âmes égarées ce qu'elle-même avait appris.

La vie poursuivait ainsi son cours, rien de nouveau sous le soleil. Toujours plus de silences, plus de distance, le tout agrémenté par les faux plaisirs que procurait aux époux l'aisance financière de Sam. Sa compagnie de production était LA boîte de l'heure et il déclinait maintenant les activités dans la publicité et les vidéoclips. Un des films qu'il avait produits s'était retrouvé en nomination pour l'oscar du meilleur film étranger et un des réalisateurs qui travaillait avec lui avait été demandé par Florence and the Machine pour diriger son prochain vidéoclip. L'argent coulait à flots. Pour préserver les apparences et surtout pour la faire taire, Sam offrit une Audi blanche à sa femme qui, malgré son mode de vie qu'elle voulait qu'on perçoive comme étant yogique, n'avait jamais réussi à se défaire de son amour des belles choses qui valaient cher. Elle se justifia auprès de ses amis yogis en leur expliquant qu'une belle voiture faisait partie du respect et de l'hygiène de soi et de son milieu, et qu'il était important que l'on comprenne que le yoga pouvait également mener au succès. Elle racontait aussi à qui voulait bien l'entendre qu'une voiture de qualité était plus écologique qu'une voiture *cheap*.

Puis elle était partie en Inde trois semaines, sans Emma évidemment, afin de parfaire une formation de yoga nidra. Elle était revenue avec la conviction qu'elle maîtrisait désormais des choses que les autres professeurs de son studio ne connaissaient pas, et que cela lui conférait par le fait même un certain statut auprès d'eux. Pour la première fois depuis qu'elle avait cessé de jouer, elle se sentait spéciale. Extraordinaire. Elle aimait cette sensation. Elle se montait une bibliothèque impressionnante de livres sur l'accession au bonheur, des titres provenant surtout de la psycho pop, sans réels fondements scientifiques, mais ayant le pouvoir de procurer à son lecteur une sensation de bien-être instantané, sans avoir à passer par le travail que demande une thérapie. Elle ne parlait plus qu'en citations et en sophismes, posant à son tour sur son mari un regard condescendant. En effet, il avait, lui, besoin de s'engouffrer dans le travail pour être heureux, tandis qu'elle avait trouvé sa béatitude dans la contemplation, ce qui faisait assurément d'elle une âme plus élevée que celle de Sam.

À l'âge de deux ans, Emma préférait nettement être chez ses grands-parents ou à la rigueur dans les bras de son père, le peu de temps qu'il passait à la maison, plutôt que dans ceux de sa mère. Cette dernière avait réussi, en cherchant à s'écarter du monde concret qu'elle appelait dorénavant le monde matériel, à éloigner d'elle sa propre fille. Il lui fallait, pour méditer et pour se retrouver, son espace, sa tranquillité, son silence, et une enfant dans les pattes l'empêchait de profiter pleinement de ces moments de retrait dont elle avait tant besoin pour se sentir bien.

Certaines de ses amies yoginis avaient essayé de lui faire comprendre qu'un amour de cette discipline ne rimait pas nécessairement avec l'abandon des gens qui n'y adhéraient pas. Que la vie dans un ashram en Inde n'avait rien à voir avec leur vie d'Occidentales du 450 et que, comme dans tout, il fallait savoir en prendre et en laisser. Vanessa ne voulait rien entendre. Elle n'était bien avec elle-même que lorsqu'elle méditait ou qu'elle pratiquait son yoga. Le reste du temps, ce qui la grugeait de l'intérieur depuis des années refaisait surface avec une force véhémente, et même si elle n'arrivait pas à mettre ni le doigt ni le mot exact sur ce lourd mélange de frustration, d'angoisse et de tristesse, elle détestait constater qu'elle avait peu à peu laissé filer sa carrière, son mariage et sa maternité, et préférait jeter le blâme sur tout ce qui l'entourait plutôt que d'en assumer une certaine responsabilité. Du temps où elle parlait encore à Angela, cette dernière lui avait dit la chose suivante : « Ness, tu te plains des autres, de tes relations avec ton mari, de ton incapacité à être une mère présente, une épouse comblée, une comédienne à succès, mais tu refuses de reconnaître que le dénominateur commun entre tous ces éléments de ta vie, c'est toi. Tu ne pourras jamais changer les autres, la seule personne que tu pourras changer, c'est toi-même. Et si tu ne reconnais pas ta part de responsabilité dans ce qui t'échappe de ta vie, tu ne pourras jamais en modifier le cours des choses. »

Or, plus Vanessa était sereine dans sa pratique du yoga, plus elle méprisait ceux qui ne comprenaient pas ce qu'elle savait désormais. Elle regardait de haut ses propres parents qui pourtant lui permettaient de s'adonner à sa passion en gardant Emma sans jamais demander de comptes, tout comme son mari qu'elle allait jusqu'à traiter d'ignare lorsqu'il ne s'intéressait aucunement à ce qu'elle avait à lui dire sur sa spiritualité et sur ce que l'Inde pourrait lui apporter à lui. Elle snobait aussi Angela, qu'elle avait décrété être une grosse connasse jalouse de sa beauté et du fait qu'elle n'était plus à la maison sept jours sur sept, mais s'adonnait désormais à une activité vieille de deux millénaires, ainsi que toutes ses anciennes consœurs actrices qu'elle nommait parfois « les petites pétasses du *show business* », déclarant que ce monde auquel elle avait autrefois tant souhaité appartenir à tout jamais, et qui selon elle l'avait rejetée, n'était que pacotille et artifices, alors que l'univers du yoga était la voie de la vérité et du divin. Vanessa en devenait détestable. Les quelques qualités que Sam avait déjà appréciées chez sa femme avaient complètement disparu.

Chapitre cinq

Puis il était parti.

La fameuse journée de leur conversation finale, dans ce café tristounet où Sam lui avait donné rendez-vous, Vanessa l'avait laissé filer sans avoir été capable de s'opposer à son départ. Sam avait claqué la porte de l'établissement et était parti comme un courant d'air alors qu'elle était demeurée là, sur sa chaise, bouche bée, sonnée, chancelante, étouffée, sans cligner les paupières, sans ravaler sa salive, une onde de choc traversant son corps d'un bout à l'autre.

Puis, solennellement, elle s'était levée, avait saisi son perfecto de cuir et ses clés, et s'était machinalement dirigée à son tour vers la sortie. Elle avait pris place dans son auto et avait allumé la radio.

Par un synchronisme de mauvais goût, la chanson *Jolene* jouait à la station qu'elle avait l'habitude d'écouter. *Jolene, Jolene, Jolene, Jolene, I'm begging of you please don't take my man. Jolene, Jolene, Jolene, Jolene, please don't take him just because you can.*

Se pouvait-il qu'il y eût une autre femme ? Sam avait un nombre incalculable de défauts, mais elle n'avait jamais douté un instant de sa fidélité, principalement à cause de l'influence que son père avait sur lui. Mounir était un homme juste, un homme de famille, un homme de *business*, et il avait enseigné à ses fils que le bon Dieu punissait ceux qui ne suivaient pas le droit chemin et que, si par mégarde ce dernier oubliait de le faire, l'homme finissait par se punir lui-même, car un tel comportement ne pouvait que mener à la voie de l'égarement. Et que celui qui se perdrait trop longtemps souffrirait inévitablement.

Paradoxalement, Vanessa avait toujours eu l'impression que la seule chose qui importait vraiment à Sam au sein de leur relation était la sexualité. Une sexualité si débridée qu'elle devait forcément être la traduction d'une répression familiale trop éprouvante pour un seul homme. Du temps de leurs premières rencontres, Sam était au lit ce que Rambo était à la survie. Il la prenait parfois violemment en rentrant le soir, tel un animal affamé, sans l'embrasser, sans l'aimer réellement, et elle se laissait faire, car c'était là la seule intimité dont elle disposait avec lui. Cela ne lui déplaisait certes pas, elle en était arrivée à aimer ce sexe parfois brutal, à en redemander, même. Puis, au fil du temps, elle avait oublié ce qu'était faire l'amour et, de toute façon, elle n'avait plus grand amour à lui offrir, le puits s'étant depuis bien longtemps asséché.

Elle avait toujours perçu qu'aux yeux de Sam le mariage était une structure, un contenant, une sécurité qui permettait à ses deux preneurs d'évoluer personnellement sans se soucier de savoir qui ils allaient baiser le soir venu, ni d'avoir à chercher quelqu'un avec qui baiser chaque fin de semaine. S'il la lui demandait, elle lui donnait sans rechigner cette sexualité qui le satisfaisait tant. Elle ne l'en avait jamais privé, même s'ils avaient eu des périodes creuses. Elle ne jouait guère les saintes nitouches avec lui et, même dans les moments les plus éprouvants de leur union, elle ne s'était jamais refusée à lui. Et comme ils n'exigeaient rien d'autre l'un de l'autre, elle lui donnait tout le loisir de travailler autant qu'il le voulait. Pourquoi serait-il allé voir ailleurs ?

Et surtout, qui pouvait bien être plus désirable, plus belle qu'elle à montrer, à exhiber, à baiser ?

Non. Ce n'était pas possible.

He talks about you in his sleep there's nothing I can do to keep from crying, when he calls your name, Jolene.

Le vent tournait dans sa tête. Au fond, après tout, c'était possible. La crise de la quarantaine. Il voulait se prouver quelque chose, qu'il avait encore en lui cette capacité à intriguer pour mieux dominer. Vérifier qu'il était encore attrayant, qu'il pouvait plaire. Cette pensée la rassurait, car, si c'était réellement le cas, il y aurait de fortes chances que Sam lui revienne une fois lassé du sexe et du corps de sa maîtresse potentielle. Sam n'aurait jamais le courage d'annoncer à son père qu'il brisait les liens de son mariage pour de vrai. Ça devait être une phase.

Vanessa éclata d'un rire amer, seule au volant de sa voiture immobile, et elle monta le volume. Ah ! Si ce n'était que ça, elle saurait se faire belle et le convaincre que rien ni personne ne valait autant la peine d'être à son bras qu'elle-même.

Mais il fallait qu'elle sache. Elle avait droit à la vérité.

Sam devait être retourné à son bureau. Vanessa avait tourné la clé de contact de son Audi blanche. Elle avait roulé jusqu'à l'immeuble où se trouvaient les Productions du Cèdre et s'était installée dans un coin du parking, s'assurant qu'elle pouvait voir sans être vue. Elle y avait attendu près de trois heures.

Ses parents avaient essayé de la contacter, Emma voulait la *FaceTimer*, mais Vanessa n'avait pas répondu. Toute sa concentration, toute son énergie étaient dirigées vers le moment où elle verrait Sam entrer dans sa voiture et démarrer. Même si elle craignait profondément ce qu'elle risquait de découvrir, une partie d'elle souhaitait plus que tout se donner raison d'avoir été assez perspicace pour déceler la présence d'une autre femme dans sa vie.

Au bout de ces longues heures d'attente qui avaient paru à Vanessa une éternité, Sam était finalement sorti de l'immeuble, s'était engouffré dans sa voiture et s'était engagé vers le boulevard. Juste avant que son Lexus noir quitte le terrain de stationnement, Vanessa avait fait faire à son Audi un virage dans la direction opposée pour ne pas éveiller les soupçons de son mari puis, à la dernière minute, avait braqué le volant et s'était placée de sorte qu'elle puisse le suivre à distance, s'organisant pour être en permanence deux ou trois voitures derrière lui.

Son cœur battait la chamade, ses mains tremblaient sur le volant, elle avait rallumé la radio pour essayer de trouver en la musique un semblant de distraction. Cette fois-ci, *Little Black Submarines* des Black Keys résonnait sur la station rock.

I should've seen it glow but everybody knows that a broken heart is blind. That a broken heart is blind.

Les premiers couplets à la guitare acoustique avaient pincé le cœur de Vanessa. Elle en voulait à la vie de l'avoir laissée tomber ainsi. Puis l'arrivée des accords de la guitare électrique et du rythme de la batterie lui procurèrent l'élan dont elle avait besoin pour poursuivre sa traque. Le feu de l'intersection avait changé de couleur et Sam avait démarré en trombe. Toujours bien cachée derrière une Toyota et une Volvo qui créaient une zone tampon entre son mari et elle, Vanessa avait levé le pied du frein et appuyé sur l'accélérateur, le regard fixé droit devant elle, les yeux embués, le dos raide comme une planche et le cœur prêt à bondir de sa poitrine, pompant de façon rapide tout le sang de son corps.

Sam avait rejoint l'autoroute. Vanessa l'avait suivi. Il avait traversé le pont de la banlieue et avait pris la sortie rejoignant le boulevard sur lequel vivait son frère. Vanessa avait fait attention à ne pas être vue, mais avait répété les mêmes gestes que son mari et s'était stationnée à huit maisons de celle de Ramy, le frère de Sam. Dans sa boîte à gants se trouvait un vieux paquet de cigarettes qu'elle gardait toujours en cas d'urgence, en cas de sûreté. Elle n'avait pas fumé depuis sa grossesse, et quelques jours auparavant, tout imbriquée qu'elle était dans les propos ayurvédiques qu'elle enseignait à ses élèves, la possibilité même de porter une cigarette à sa bouche lui aurait été impensable. Elle-même faisait tant la leçon à ceux qu'elle croisait sur les saines habitudes de vie, sur l'importance de s'alimenter en harmonie avec les *doshas*, sur la toxicité de tout ce que la société nous faisait avaler et, évidemment, à propos des ravages de l'alcool et du tabac sur un équilibre nécessaire au bonheur et à la zénitude. Mais là, tout avait changé. Tout foutait le camp.

Elle avait attrapé le paquet et le briquet avec un soupir de soulagement. La première bouffée lui avait fait un bien fou.

Elle avait fumé ainsi, pendant une heure, jusqu'à ce qu'elle aperçoive Sam sortir de la maison de Ramy et retourner à sa voiture, beau et svelte dans un costard taillé sur mesure. Elle avait reconnu le costume. Ils étaient allés le choisir et le faire tailler ensemble, sept ans auparavant, du temps où elle était Laura, pour un gala dans lequel elle était en nomination. Elle n'avait pas gagné. Elle avait pleuré toute la nuit et Sam n'avait cessé de lui dire que, franchement, elle n'avait pas à se plaindre, que c'était déjà beau d'avoir été sélectionnée. Elle en avait pleuré davantage.

Vanessa avait allumé une autre cigarette. Elle ne l'avait pas vu si élégant depuis des années. Du temps lointain où il faisait encore l'effort de se montrer en public à ses côtés. Des larmes étaient montées à ses yeux. Elle les avait laissées couler sans retenue tout en se préparant à faire tourner le moteur de nouveau. Elle l'avait suivi de la banlieue jusqu'au centre-ville. L'incrédulité s'était soudainement écartée de son cœur pour laisser place à un calme qui ne laissait présager rien de bon, qu'elle nourrissait en continuant de fumer. Il avait arrêté son Lexus devant l'entrée d'un hôtel-boutique du Vieux-Montréal. Il en était descendu et avait nonchalamment laissé ses clés au voiturier. Vanessa n'avait pas trouvé de place de stationnement et s'était résignée à tourner en rond autour du pâté de maisons, inquiète de ne plus pouvoir tomber sur ce qu'elle était venue dénicher.

Au moment où une place s'était finalement libérée à quelques mètres de l'entrée de l'établissement, Vanessa, préparant son parallèle, avait alors aperçu dans son rétroviseur un taxi s'arrêter devant l'hôtel. Il pleuvait maintenant, conférant aux pavés une allure luisante sur laquelle les lampadaires reflétaient leur lumière. Quelque chose de londonien.

Londres.

Ils y étaient allés ensemble, Sam et elle, trois jours. Sam avait des réunions du matin au soir et elle avait passé toute une journée chez Harrods. Elle lui avait acheté, avec sa carte de crédit à lui, une petite rose de cristal qu'elle lui avait offerte le soir même au restaurant. Après qu'elle lui eut donné le paquet, il avait, s'enorgueillissant encore une fois de son succès montant, fait deux ou trois blagues du genre :

73

« Alors, bébé, tu me trouves tellement génial, parce que j'ai fait un *deal* de la mort aujourd'hui, que tu me redemandes en mariage ? » Elle n'avait rien dit mais avait eu une envie folle de reprendre la boîte, de lui jeter sa serviette de table au nez et de foutre le camp. À la place, elle s'était tue, tout simplement, et avait attendu qu'il ouvre le paquet, ce qu'il avait fait en la remerciant comme si de rien n'était, posant un baiser volatil sur sa joue. Le soir, à l'hôtel, il avait jeté d'un geste flou la petite boîte dans sa valise, s'était retourné vers sa femme et lui avait fait comprendre qu'il souhaitait la voir s'étendre nue sur le lit. Elle n'avait pas bronché, elle aimait ça aussi, mais une fois qu'il eut terminé de la baiser, elle avait pleuré longuement en silence pendant qu'il s'endormait.

Elle avait détesté Londres.

La portière du taxi s'était ouverte. Le cœur de Vanessa battait à tout rompre. Son instinct ne pouvait lui mentir, il hurlait en elle. Vanessa la voyait dans son rétroviseur. Une jeune femme en trench qui sortait du véhicule et se dirigeait vers le portier. Sa silhouette, portée par un élan joyeux, presque maladroit, affichait la nervosité d'une nouvelle amoureuse. Elle s'était engouffrée dans l'établissement.

Et n'en était ressortie que le lendemain à l'aurore, au bras de Sam.

Vanessa n'avait pas fermé l'œil de la nuit. Elle avait passé les dix heures précédentes dans son Audi, sans boire ni manger, sans aller aux toilettes, sans répondre à son téléphone qui avait sonné quelques fois, complètement incapable de faire quoi que ce soit de sa personne. Elle avait fumé et c'est tout. Le choc avait été si violent qu'il l'avait paralysée. Ses membres étaient ankylosés, et ses pensées ne se posaient plus sur aucun point fixe. Tout, dans sa tête, était un tourbillon. Elle ne distinguait plus la réalité de son imagination. Elle ne ressentait rien. Aucune émotion n'arrivait à se frayer un chemin dans l'espèce de transe immobile qui l'enveloppait.

Ce n'est que lorsqu'elle avait vu la jeune femme monter dans le Lexus, rapporté par le voiturier, et Sam, après avoir glissé un billet dans la paume de ce dernier, s'asseoir dans l'habitacle et embrasser langoureusement sa compagne, que les nerfs de Vanessa, tendus au maximum depuis la veille, avaient finalement lâché. Et dans son auto qui empestait la cigarette, elle s'était mise à trembler et à sangloter comme un enfant qui aurait passé une nuit tout seul dans la forêt.

Sam ne l'avait pas vue lorsque sa voiture avait dépassé la sienne, tout obnubilé qu'il était par la présence de sa nouvelle partenaire à ses côtés.

À ce moment, Vanessa avait pu apercevoir entre deux sanglots le visage de celle-ci à travers la forme dessinée par les deux amoureux collés dans l'habitacle. Lili Blumenthal. Une poufiasse de comédienne qui avait la réputation d'avoir couché avec à peu près toute l'industrie de la pub, une salope sans talent qui s'était frayé un chemin vers la célébrité avec son cul, une fille qui ne lui arrivait même pas à la cheville et qu'elle avait déjà croisée à une ou deux reprises du temps où elle était encore active dans le métier.

Cette fois-ci, Vanessa n'avait pas suivi Sam. Elle savait maintenant. Elle n'avait pas la force de les poursuivre.

Alors c'était ça, la raison derrière l'échec de son mariage. Cette Lili de merde.

Vanessa était complètement vidée.

Que faire ? Elle ne pouvait rester *ad vitam æternam* dans son Audi à fumer des clopes, même si, bien franchement, c'était la seule chose dont elle avait envie. Elle avait laissé le temps à ses larmes de couler, tout en poussant de longs gémissements de douleur semblables à ceux d'un animal venant de se faire frapper par une voiture. La douleur était insoutenable. Mais personne ne venait la sauver.

Une bonne heure s'était ainsi écoulée. Son mascara barbouillait maintenant son visage, imprégné de larmes et de salive, ses cheveux puaient la cigarette, tout comme ses vêtements. Puis, tel un automate, elle avait rallumé la radio, où jouait un vieil air d'Elton John, et avait tourné la clé de contact. Son Audi avait erré dans les rues du Vieux-Montréal pendant qu'elle observait d'un regard éteint la vie matinale qui s'animait, le doux soleil de printemps qui avait remplacé la pluie de la veille et les passants qui paraissaient tous avoir à faire, à aller quelque part.

Vanessa n'avait plus à faire, ni à aller. Elle n'était plus du monde des vivants. Quelque chose qui était mort en elle depuis qu'elle avait décidé d'offrir chacune de ses journées à sa quête de sérénité en pratiquant le yoga outre mesure, quelque chose cherchait maintenant à refaire surface et n'y parvenait pas. Une partie de son être était enfermée dans une tour de verre au creux d'elle-même, et le choc émotionnel qu'elle venait de subir ne contribuait qu'à le lui rappeler.

Puis elle s'était enfin décidée à rentrer chez elle. Même si rien ni personne ne l'y attendait.

C'est là qu'elle s'était réfugiée dans sa chambre. Elle avait tiré les rideaux afin de ne plus être touchée par la lumière. Elle s'était couchée dans son lit après avoir éteint la sonnerie de son téléphone et s'était enfouie sous les draps.

CHAPITRE SIX

La douloureuse transe mélancolique de Vanessa avait duré trois jours. Trois jours durant lesquels elle s'était transformée en véritable zombie, ne mangeant que les amandes qui traînaient au bord de son lit, fumant pour garder un contact avec la réalité, ressassant jusqu'à plus soif les mêmes idées noires.

Puis, au matin du troisième jour, quelque chose bougea en elle. À son insu, la tristesse avait pris le temps de se métamorphoser, entre les souvenirs et les regrets, en refus. En révolte.

Vanessa se sentit soudainement dans un état quelque peu différent que celui dans lequel elle s'engouffrait depuis soixante-douze heures. Quelque chose s'était réveillé. Elle ne souhaitait plus passer le reste de sa vie dans son lit à pleurer. Elle remarqua la photo de son mariage qui trônait encore au-dessus du miroir de la vanité. Il faudrait qu'elle la décroche.

Ses larmes lui accordèrent un bref répit qu'elle utilisa pour réfléchir à la situation. Il lui était difficile de voir clair dans la tempête qui se déchaînait toujours en elle, mais une soudaine percée de clarté lui insuffla la conclusion suivante : on avait forcé son destin. On avait piqué ses rêves. Elle n'avait pas choisi de laisser tomber sa carrière. Elle n'avait pas décidé de dissoudre son mariage. Le destin s'était moqué d'elle. C'était un signe. Le signe qu'il fallait qu'elle en reprenne les rênes. Qu'elle réclame ce qui lui avait injustement été pris.

À cette constatation, elle sentit sa première bouffée de rage monter dans sa poitrine, augmentant son rythme cardiaque de façon exponentielle. On lui avait causé des torts irrémédiables et elle n'y était pour rien. Si elle avait accusé le coup de la défaite dans le chagrin, elle chercherait la résolution dans la vengeance. Si la colère avait réussi à se frayer un passage à travers la tristesse, c'était bon signe. Non seulement elle survivrait, mais elle aurait le dernier mot. La douleur se transformait doucement mais sûrement en désir de vengeance. La morsure de la jalousie faisait couler dans ses veines un venin amer et tonifiant, un désir de vengeance qui lui donnait de nouveau le goût de vivre.

SECONDE PARTIE

Chapitre sept

Lili était sur un nuage. Elle savait que, bientôt, elle commencerait à s'en faire, mais en attendant elle profitait de son extase en se bâtissant des châteaux en Espagne, en imaginant son mariage, en se délectant du conte de fées qu'elle était en train de vivre.

Comment réussirait-elle à se concentrer, à apprendre ses textes pour l'audition qu'elle devait passer le surlendemain, à cuisiner, à aller chercher son garçon chez son frère ? Son frère, Laurent, qui, une fois sa maîtrise terminée, avait eu deux petites filles et s'était peu à peu rapproché d'elle, surtout après sa séparation d'avec Yannick. Laurent l'aidait énormément en gardant volontiers le petit Tom qui, de son côté, adorait jouer avec ses cousines. Lili ne souhaitait guère abuser de sa générosité et de son dévouement envers son fils, mais, sous l'emprise de son nouvel amour, elle ne pouvait faire autrement que de l'envoyer chez son frère le plus souvent possible, se justifiant en se répétant qu'elle aussi avait le droit de profiter un peu de sa propre vie. Et en cette journée comme en toutes les autres, la seule chose dont elle avait envie, c'était de retourner dans les bras de Sam. De le surprendre au travail, en jupe et sans sous-vêtements, de s'asseoir sur son bureau, d'écarter les jambes et de s'offrir encore et encore à lui.

Comment faire pour que celui-ci ne lui file pas entre les doigts ? Comment ne pas l'apeurer avec ses rêves de couple et d'amour éternel ? Elle avait brisé son vœu d'abstinence et, maintenant, avec l'amour venait inévitablement l'angoisse.

Elle tourna en rond quelques minutes dans sa cuisine, après avoir mis un café à chauffer, et se força à se composer une tête. Elle se remémorait une des dernières conversations qu'elle avait eues avec sa psy tout en dessinant des cercles sur un *Post-it* qui traînait sur le comptoir.

« Lili, tu es un être extrêmement sensible, c'est ce qui fait de toi une excellente comédienne. Mais quand tu pénètres des états trop émotifs, tu sembles perdre ton équilibre et avoir de la difficulté à retrouver tes repères. Il faudrait que tu travailles à devenir ta propre *coach* à ce sujet. Observe-toi lorsque tu te laisses aller, lorsque tu choisis d'atteindre ces états-là.

— Mais je ne les choisis pas, Olivia, je te jure. C'est ma tête qui m'y pousse. C'est pour ça que je me retrouve toujours dans la merde.

— Non, Lili. Crois-moi, tu en fais le choix. Tu es responsable.

— Mais non, Olivia, je te jure. C'est pour ça que je viens te voir chaque semaine, parce que je ne choisis pas de me mettre dans ces états-là.

— Peut-être pas, mais tu choisis d'y rester, ça, c'est certain. Crois-tu vraiment que tu n'as aucune emprise sur le moment où tout bascule dans ta tête, que tu ne peux empêcher la faille de s'élargir ? Tout est une question d'entraînement. Lorsque tu te vois perdre ton sens de la réalité, du moment présent, et glisser vers tes bulles d'émotions mélancoliques, romanesques et difficiles, ces bulles mêmes qui ont tendance à t'ouvrir la porte de l'angoisse, il faut que tu sois ta propre *coach*. Rappelle-toi toi-même à l'ordre. Raccroche-toi. Permets-toi de rendre de courtes visites à ces états, de prendre le temps de les saluer, parce que d'une certaine façon ils nourrissent ton travail, mais ne passe jamais le seuil de leur porte. Ne t'engouffre pas chez eux, aussi invitants soient-ils.

— Tu sais, quand j'essaie de faire comme tu dis, ça me demande un effort presque surhumain.

— On a tous des défis qui monopolisent toute l'énergie dont on dispose. Pour toi, c'est ça. Pour moi, c'est autre chose, pour d'autres, c'est la maîtrise de la colère, ou des pulsions sexuelles malsaines, ou l'arrêt de la cigarette, ou bien cesser de mentir, ou apprendre à être ponctuel. Et tous ces comportements que l'on a et qui causent des soucis, à soi-même ou aux autres, ils ont une origine, ils s'ancrent dans des années et des années de chemins forgés dans notre cerveau par nos expériences avec notre environnement, par les événements que l'on a vécus et aussi par notre constitution et notre bagage génétique. La thérapie, si c'est long, si c'est difficile, si c'est un choix, c'est parce qu'il faut prendre chacun des fils qui constituent nos façons de penser, donc d'agir, et les démêler un à un, comme si on s'attardait à défaire de gros nœuds impossibles. Ton nœud à toi, au moins, tu en connais l'existence, tu as mis le doigt dessus et tu acceptes sa présence. Bien des gens n'en sont pas encore là, par ignorance, par déni, par répression, par honte, par ego. La première étape, c'est de se connaître, non pas du genre "ah, moi, j'aime manger ceci ou cela, j'aime aller au spa et j'aime la musique country", mais plutôt de manière à reconnaître tout d'abord qu'on a des nœuds, à savoir en quoi ils consistent exactement. Puis le vrai travail de fond commence quand on cherche pourquoi ils sont là et comment ils se sont formés. Après, on peut entamer le démêlage ! Tu es rendue loin, Lili, dans ton cheminement. Tu n'as pas à t'en faire. C'est le jour et la nuit depuis que je te connais. Tu ne tomberas plus aussi bas que tu l'as déjà été, mais occupe-toi de toujours maintenir ta tête hors de l'eau. Tu sais ce qui est dangereux pour toi, ne t'y aventure pas. Parle-toi. Rappelle-toi à l'ordre. »

Le café était prêt. Lili s'en servit une tasse et, tout en entendant dans sa tête la voix d'Olivia, elle s'efforça de se rappeler à l'ordre. Cela lui demanda un effort considérable, ses pensées négatives essayaient de charmer son raisonnement, comme les sirènes s'époumonèrent pour envoûter Ulysse et son équipage. Mais cette fois-ci, avec toute la concentration dont elle disposait, et avec de grandes respirations, ça fonctionna. Elle éteignit le rond, se versa une autre tasse de café, consulta son iPhone et décida de se préserver.

Elle ne contacterait pas Sam. Mais elle n'attendrait pas non plus qu'il lui donne un signe de vie. Elle n'attendrait plus personne. Et de toute façon, il lui avait prouvé, à sa façon, qu'il avait un intérêt prononcé pour elle. On ne faisait pas l'amour comme il le lui avait fait toute la nuit si on ne nourrissait pas de sentiments sincères envers quelqu'un. Ils n'avaient pas baisé. C'était bien plus que ça. Ils avaient fait l'amour « pour de vrai », elle en était certaine. Il l'avait prise avec l'élan d'une faim insatiable. Elle l'avait tellement excité qu'il n'avait guère eu besoin de plus de quelques minutes pour recharger ses batteries entre chacune de leurs étreintes. Ils ne s'étaient pas protégés. Ses règles avaient cessé la veille, elle en était au cinquième jour de son cycle, donc pas trop de danger de ce côté-là.

Ce n'était guère dans les habitudes de Lili de ne pas exiger le port du préservatif chez son partenaire, puisqu'elle considérait qu'en tant que mère c'était sa responsabilité de rester en santé, mais, avec Sam, c'était différent. Elle lui faisait confiance. Elle était amoureuse. Elle savait que cet homme venait de chambouler sa destinée à tout jamais. Les hormones n'y étaient pour rien, ce n'était pas un coup de grisou, ce n'était pas de l'idéalisation, c'était beaucoup plus sérieux que ça.

Elle avait envie de ne pas croire sa psy, qui lui avait aussi parlé de la vision en tunnel. Du fait que, lorsque nous avons tendance à devenir trop amoureux, trop rapidement, notre concentration s'amenuise pour n'illuminer que la personne objet de nos pensées. Cet entonnoir pose des œillères à celui qui s'y perd et ferme les portes du monde des possibles, empêchant une certaine vision panoramique de la vie en le soumettant au sentiment de ne plus pouvoir vivre sans l'être aimé.

Lili termina son café et alla fouiller dans l'armoire au-dessus du réfrigérateur, l'armoire qu'elle surnommait l'*emergency room*, car elle pouvait y trouver tout ce dont elle avait besoin lorsqu'elle sentait la panique monter en elle. Elle y stockait une galette de haschisch, un paquet de Marlboro *lights* provenant d'une cartouche achetée au *duty-free* en revenant de ses dernières auditions à New York, une bouteille de rhum, une bouteille de vodka, un briquet, un petit pot de benzodiazépines et d'Ativan, juste au cas où, et même un sachet contenant un quart de gramme de cocaïne, gracieuseté de Louis. Mais ça, elle n'y touchait qu'en cas d'extrême nécessité.

Lili hésita un instant puis attrapa le paquet de cigarettes et en sortit une. *Je n'en fumerai qu'une seule.* Puis elle chercha tant bien que mal quelque chose à faire. Ce n'est pas qu'elle n'avait pas de boulot à préparer, bien au contraire, les textes à mémoriser s'empilaient sur son bureau. Là n'était pas le problème. Le problème était que rien ne la tentait et qu'apparemment la *coach* en elle ne répondait pas au numéro composé. Plus elle essayait d'éviter que la faille s'élargisse, plus celle-ci semblait prendre un malin plaisir à chercher à l'avaler.

L'angoisse faisait bien son sale boulot. La tête de Lili se mit à tourner, elle perdait ses repères, elle se laissait absorber par le cycle de pensées négatives qu'elle avait toujours eues envers elle-même, depuis son adolescence. Et même si c'était un peu cette faible estime personnelle qui la poussait à en faire plus, à travailler plus que les autres, à se mettre de l'avant pour chercher dans leur regard une ombre d'admiration ou d'affection qu'elle pourrait utiliser afin de parer au manque d'amour qu'elle avait pour sa propre personne, même si cette façon de se dénigrer qui l'habitait depuis toujours lui nuisait plus que quoi que ce soit d'autre, elle savait que c'était grâce à cela qu'elle était une bonne comédienne et qu'elle brillait à la caméra.

Elle absorbait la lumière parce qu'elle était constituée de tant de zones d'ombre.

Une fois le chemin ouvert à ces pensées, celles-ci s'en donnèrent à cœur joie et se mirent à la bombarder.

Pourquoi ne me texte-t-il pas ? Je comprends qu'il est occupé, mais, franchement, ça ne lui coûterait que deux secondes et ça me rassurerait tant. S'il s'intéressait vraiment à moi, pas juste pour le cul, mais pour le «tout moi», il m'écrirait un petit mot, il me dirait qu'il ne cesse de penser à notre nuit. Et s'il est dans sa voiture, pourquoi n'en profite-t-il pas pour me téléphoner ? S'IL PEUT LE FAIRE, POURQUOI NE LE FAIT-IL PAS ? Et de toute façon, ça servirait à quoi ?

Je suis une cause perdue. Je sais très bien qu'une fois le high *obtenu par un texto d'amour, il ne me faudrait qu'une heure pour recommencer à angoisser et à en espérer un autre. C'est un cycle sans fin. Une vraie drogue. Je suis* fucking *condamnée à n'être qu'une* addict *finie à l'amour et aux textos.*

Et maintenant, je fais comment, moi, pour l'effacer de mon esprit? Comment rendre ma vie aussi intéressante que lorsqu'un homme m'aime?

Lili enviait les amoureuses du passé qui n'avaient jamais eu à espérer un texto, un message Facebook ou un courriel de la part de l'être convoité. La technologie rendait sa vie amoureuse misérable. La facilité de la communication lui était insoutenable, car il n'y avait plus d'excuses possibles pour ne pas communiquer. Si on ne la contactait pas, ce n'était pas parce qu'on ne pouvait pas.

Elle pensa à ces femmes d'il y a cent ans qui attendaient pendant des semaines, voire des mois, des lettres de leurs amants partis à la guerre et se dit qu'elles auraient toutes dû recevoir des médailles de guerre. *Et comment faisaient-elles, elles, pour ne pas être inquiètes? Pour continuer leur vie? Pour élever leurs douze enfants sans jamais recevoir de nouvelles de leur mari? Et puis, à part faire la guerre, ils devaient s'en taper quelques-unes, des filles de joie… Des mois entiers sans jamais baiser? Moi, je n'y crois pas.*

Et, moi, je suis ici et je me plains. Vraiment, je ne vaux rien. Ça y est, je suis à la merci de Sam. Je suis de retour à la case départ, même après ma désintox amoureuse. Olivia avait raison, cette trêve était inutile. Au lieu de chercher à éviter la source de mon problème, j'aurais dû l'affronter. Tout est foutu.

Elle s'en voulut terriblement. Au premier gars qui la faisait frémir, elle rechutait. Et alors quoi? Devrait-elle faire comme les alcoolos qui ne pourraient plus jamais toucher ne serait-ce qu'une seule goutte d'alcool, à vie, pour ne pas retomber? Jamais elle ne pourrait se priver d'amour pour toute la durée de son existence.

Qu'est-ce qu'une vie sans amour, sans romance, sans sexe, sans papillons, sans magie, sans rêves, sans illusions? Le La La Land n'était peut-être pas garant de vérité, mais, au moins, il était franchement plus agréable que la réalité.

Elle rechutait? Et bien, tant pis. Qu'elle rechute. Advienne que pourra.

Lili attrapa son téléphone et composa nerveusement le numéro de sa meilleure amie. Le son de la voix et l'accent plus que français de Charlotte avaient généralement pour effet de la rassurer. Charlotte connaissait Lili comme sa poche et l'aimait comme une sœur. Elles s'étaient rencontrées douze ans auparavant à une fête chez des amis communs. Charlotte venait à peine de débarquer de France, elle y avait connu Ryan, son amoureux, un policier montréalais qui visitait Paris en vacances. Elle était tombée follement amoureuse et avait décidé de le rejoindre à Montréal pour faire sa vie avec lui.

Quelque temps après leur mariage, Ryan avait sombré dans une profonde dépression. Il souffrait du syndrome de stress post-traumatique après avoir été le premier arrivé sur les lieux d'un drame familial. Il ne se remettait pas de cette scène de crime et avait été diagnostiqué bipolaire durant la même période.

Charlotte avait connu avec lui l'enfer de l'univers psychiatrique. Les diagnostics et les prescriptions qui changent sans arrêt. Puis lorsqu'il allait mieux, Ryan, qui détestait prendre des médicaments, alléguant que ça le *fuckait* encore plus, les arrêtait, et la maladie revenait alors à grands pas. Charlotte avait été une sainte. Elle l'avait accompagné, soutenu jusqu'au bout, aimé, bordé, rassuré, consolé. Elle s'était occupée de ses trois rejetons à la perfection, avait parlé aux supérieurs de son mari pour essayer de leur expliquer la maladie de ce dernier. Puis, un jour, Ryan s'était retrouvé de nouveau au cœur d'une opération policière sanglante et avait dû tirer sur un adolescent qui menaçait un de ses collègues à bout portant. La culpabilité, les cauchemars, la lourdeur des procédures judiciaires, l'opinion publique avaient eu raison de l'équilibre précaire qu'il avait déjà tant de difficulté à maintenir.

C'est Charlotte qui l'avait trouvé, dans le garage.

Depuis, elle s'était engagée dans une course contre la tristesse, se tenant fière et droite devant ses garçons et devant toute adversité. Elle était si sûre d'elle. Elle ne se forçait même pas pour s'assumer entièrement, elle s'assumait et c'est tout, peu importe le geste qu'elle faisait ou la phrase qu'elle disait, ne se laissant jamais aller aux sables mouvants du doute. Lorsqu'elle faisait un faux pas, elle rebondissait rapidement sur ses pattes et poursuivait son chemin. Rien ni personne ne l'arrêtait. Charlotte répétait à Lili qu'elle n'avait pas le choix, qu'elle ne pouvait se permettre de flancher, pour ses garçons, pour la mémoire de Ryan qui, lui, s'était démené comme un diable contre la maladie mentale et qui avait accompli son boulot jusqu'au bout. Un jour, Charlotte avait dit à son amie : « Tu sais, Lili, ma vie, c'est comme quand on fait du vélo. Si je m'arrête ne serait-ce qu'un seul instant, c'est clair que je tangue et que je tombe. Je n'ai pas le choix de continuer à pédaler. »

Mais Lili avait constamment peur que Charlotte craque un jour. Que cette façade si solide et imposante qui servait en fait à la protéger se fissure et tombe en morceaux. Qu'elle retrouve son amie complètement effondrée, à bout de nerfs et de larmes, et que les garçons en perdent leur deuxième parent. Mais rien de tout ça ne semblait près de se produire. Charlotte avait apparemment le dos large et s'occupait bien d'elle-même, n'hésitant jamais à demander l'aide nécessaire à ses amies avec les garçons. Sans être fermée à l'idée de connaître à nouveau l'amour, elle n'avait pas refait sa vie avec un autre homme. Elle disait qu'elle n'en avait pas le temps, entre le magasin de sous-vêtements qu'elle gérait et ses fils. De temps à autre, Lili et elle engageaient une gardienne pour leurs enfants et sortaient en boîte. Profitant du fait que ses enfants dormaient chez son amie, Charlotte ramenait parfois chez elle Timothée, un des barmans, français lui aussi, et ils s'enfermaient dans sa chambre toute la nuit. Le matin, elle lui faisait un café, le remerciait pour son amitié, et il repartait de son côté.

Lili se trouvait bien petite à côté de la prestance et de la résilience de son amie, elle l'admirait et l'idéalisait, voyant en elle toute la force qu'elle-même n'aurait jamais pour se rendre jusqu'au bout de sa vie.

Charlotte répondit au téléphone.

« Salut, Charlie, j'espère que tu vas bien, écoute, je *feel* pas…

— Lili, qu'est-ce qui ne va pas ? Tu viens de passer la nuit avec Sam, c'est ça ?

— Mmh, mmh… »

Charlotte poursuivit sur un ton un peu théâtral et brusque, mais bourré d'honnêteté. Elle aimait aller droit au but et considérait que ce n'était pas respecter ses amis que d'enrober la vérité de chocolat au lait.

« Et attends, laisse-moi deviner… Tu es rongée de remords parce qu'il est marié ? Donc, ta sempiternelle impression d'être coupable de tous les maux de la terre revient au galop ? Sors de toi-même, ma belle. *Primo*, qu'il soit marié ou non, Sam est un grand garçon. Il sait très bien ce qu'il fait. *Deuzio*, ce n'est pas ta faute si son couple ne marche pas. Quand on est bien à deux, à moins qu'on ait de graves problèmes d'estime de soi qui nous poussent à aller chercher de la gratification personnelle en séduisant le plus de monde possible, il est rare qu'on aille chercher ailleurs.

— Euh, non, Charlie. C'est pas ça. Pour être bien honnête avec toi, je m'en fous un peu, de sa femme… Non, ce qui est en train de m'arriver, c'est un truc d'insécurité…

— Ah ! Alors là, je suis habituée de t'entendre là-dessus, répondit Charlie, un sourire bienveillant dans la voix.

— En fait, je flippe parce qu'il m'a déposée chez moi il y a un peu moins d'une heure et je me sens déjà couler.

— Couler dans quel sens ? Ça allait bien jusqu'à maintenant !…

— J'ai peur, Charlie. J'ai peur parce que ça m'a pris des mois à me reconstruire, à me sentir bien avec moi-même, indépendamment du regard des hommes, et à redevenir solide pour Tom. J'avais l'impression d'avoir enfin appris à m'aimer. Et depuis Sam, oui, une certaine partie de moi que j'avais tue pendant un bon bout de temps s'est remise à s'exprimer, revit, mais je sens que je perds pied. Que tous ces mois de travail sur moi-même vont s'envoler en fumée. Que je suis en route pour la case départ et que je vais recommencer à me faire toute petite, toute malléable, pour obtenir ne serait-ce qu'un iota de son attention, de son affection, de son amour. J'ai foutument peur, Charlie.

— OK. Que s'est-il passé ? Aux dernières nouvelles, vous aviez fait l'amour un peu partout entre un plateau de tournage, son bureau, ton lit, son Lexus, ton comptoir de cuisine… Tu me disais que tu avais l'impression d'avoir, toi aussi, enfin droit à ta part du bonheur, que tu te sentais à ta place avec ce gars, qu'il allait quitter sa femme, qu'il t'emmenait dans de super restos, à l'hôtel, qu'il te promettait monts et merveilles et bébé, qu'il te récitait des poèmes, qu'il était parfait, quoi !

— Oui, je sais, et c'est pour ça que je flippe. Parce que malgré tout ça, dès que je ne suis plus avec lui, j'angoisse. Je n'arrive pas à diriger mon esprit vers autre chose que des questionnements nocifs du genre : *Et si je n'étais pour lui qu'un bon coup ? Et s'il décidait de retourner avec sa femme ? Et si je n'étais qu'une porte de sortie pour son mariage ? Et si je devenais follement amoureuse de lui et qu'il me laissait tomber d'ici quelques semaines ? Et s'il se lassait ? Et s'il me trompait un jour comme il a trompé sa femme avec moi ? Et si, et si, et si, et si ?*

— Je te reconnais bien là, ma cocotte. »

Lili alluma une autre cigarette. Elle expira la fumée dans le combiné.

« Oui, je sais, c'est du moi tout craché. Mais je vais devenir folle. Je te donne un exemple, bon. Après notre première fois, dans la loge, tu sais, sur le plateau…

— Oui, ne t'inquiète pas, je sais. Tu me l'as assez raconté, dit Charlotte, toujours sur un ton bienveillant envers son amie.

— Bien, on a commencé à communiquer surtout par textos. Parce que c'était plus simple que le téléphone quand sa femme était là. »

Charlotte la coupa court.

« Chérie. Y a un truc que tu ne comprends pas. Ton obsession avec les textos, ma belle, c'est du faux, tout ça. Quand il t'envoie un texto, tu ne captes qu'environ quarante à cinquante pour cent de ce qu'il souhaite réellement exprimer, et ça, c'est si encore il sait exprimer ce qu'il souhaite réellement et s'il est honnête dans ses textos. Après ça, quand tu le lis, c'est TA voix dans ta tête et TON intonation. Donc, à soixante pour cent, c'est ton message que tu exprimes. C'est soit ce que tu veux entendre, soit ce que tu ne veux pas entendre, pour être certaine de te mettre dans un état de défensive. Et le pire avec les textos, ce sont les putains de petites bulles qui apparaissent à l'écran lorsque l'autre est en train de rédiger une réponse et qu'on est là à regarder l'écran comme des connes à espérer que les petites bulles se transformeront en des mots qu'on rêve de lire… C'est de la merde, les textos. Ça devrait être illégal, et puis en plus ça tue plein de gens sur les routes.

— Je sais, Charlie.

— Ouais, tu sais, mais tu te permets d'embarquer là-dedans quand même. Avec un homme indisponible.

— Que veux-tu dire, indisponible ? Il a quitté sa femme.

— Il n'était pas disponible quand tu l'as rencontré et, crois-moi, il l'a peut-être quittée, comme ça dans un café, pour t'impressionner et se donner bonne conscience, mais attends qu'elle te le ramasse par-derrière avec un divorce amer. Les amours difficiles, les amours impossibles, les personnes indisponibles, c'est super attirant, ma belle, ça te fout un *kick* extrême d'adrénaline dans le sang et ça fait rêver comme ça n'est pas possible. Mais c'est rare que ça marche. Celui qui est indisponible ou qui se la joue indisponible a trop de pouvoir sur l'autre, ça en devient malsain et, habituellement, l'autre devient comme un petit chien, prêt à tout pour recevoir ne serait-ce qu'un tout petit bonbon de la part de l'indisponible, avec le sentiment permanent que c'est mieux que rien. Et en plus, physiquement parlant, il paraît que ça te donne une dose énorme de dopamine et d'ocytocine.

— Mais tu t'entends parler, Charlotte ? L'amour, selon toi, ce n'est que de la science ? Tout s'explique par tes hormones et tes neurotransmetteurs ? Et la magie, elle ? Et tu dis quoi, alors, que je devrais complètement laisser tomber l'affaire ? L'oublier ? L'ignorer ? Peut-être passer à côté de l'amour de ma vie ? »

Charlotte demeura silencieuse pour ce qui parut à Lili une éternité. Puis elle répondit, avec douceur cette fois :

« Je crois qu'on ne peut dire de quelqu'un qu'il a été l'amour de notre vie que lorsque notre vie se termine. J'ai longtemps cru que Ryan avait été l'amour de ma vie. Mais non. Ce n'est pas vrai. Car ma vie est loin d'être finie, enfin, j'ose l'espérer, et j'ai bon espoir de rencontrer quelqu'un avec qui je me sentirai assez bien pour construire quelque chose à nouveau. Les trucs d'amour de la vie, si tu te mets à trop y croire, ça peut te jouer de mauvais tours. Ça te ferme la porte au nez de l'immense et merveilleux univers des possibilités infinies. Moi, je crois qu'on a autant de vies qu'on a d'amours. C'est un choix. »

Charlotte avait beau avoir mis toute la compassion du monde en disant cela à son amie, Lili, cette fois-ci, le prit mal et sentit un accès de colère monter en elle, ce qui la fit pleurer. Jamais elle n'arrivait à se fâcher. Lorsque la colère se pointait, c'étaient des larmes qui sortaient. Pas des cris. Elle avait toujours eu l'impression de perdre ainsi toute sa crédibilité. Mais Charlotte était habituée.

« Mais merde, Charlie, ma psy et toi, vous êtes faites pour vous entendre ou quoi ? C'est un choix, c'est un choix, c'est un choix… C'est quoi, vous avez passé votre vie à lire des putains de livres de développement personnel sur le succès ? Ce n'est pas juste un choix, tu m'entends ? Je me bats contre moi-même depuis des années. Crois-moi, si j'avais le choix, je ferais les choses autrement. Je suis comme je suis, j'essaie tant bien que mal de changer, c'est long, c'est pénible et ça fait mal, mais j'essaie. »

Lili avait maintenant des soubresauts. Elle alluma une autre cigarette. Elle se sentait complètement névrosée. C'est à ce moment précis que retentit un *ding ding* dans l'iPhone collé sur son oreille. Le signal de réception d'un texto. Elle changea d'attitude du tout au tout et s'empressa de mettre fin à sa conversation avec Charlotte.

« Euh, désolée, Charlie, je ne voulais pas m'énerver contre toi. »

Charlotte soupira, quand même un peu exaspérée.

« C'est bon. T'inquiète pas, je t'aime. Je suis là pour toi. Je dois aller chercher les enfants, maintenant. Promets-moi juste de ne pas faire de bêtises. Garde ta dignité. Sois forte. Allez, je suis fière de toi, et si tu veux l'aimer, ton Sam, vas-y et, surtout, ne commence pas à te sentir coupable.

— Merci, Charlie. Honnêtement, c'est la seule chose que j'avais besoin d'entendre de ta part. Je t'aime aussi. À plus.

— À plus. »

Lili raccrocha et pianota rapidement sur son écran afin d'ouvrir ses messages textes.

« Salut, princesse. Je n'arrête pas de penser à toi et à toutes ces choses que l'on s'est faites la nuit dernière. Es-tu libre ce soir ? »

Lili eut soudainement envie de le faire courir, de le faire attendre, de se laisser désirer, de jouer la *game* et de lui dire que, non, elle ne pourrait le voir, qu'elle avait des plans. Ou du moins, elle eut envie de le faire poireauter un peu avant de lui envoyer une réponse. Mais chez elle, l'impulsion était plus forte que la raison et elle se surprit à répondre, trop rapidement selon les standards espérés :

« Absolument. »

Une fraction de seconde après avoir appuyé sur le bouton d'envoi, elle s'en mordit les doigts. Elle appellerait son frère pour qu'il garde Tom encore une nuit. Elle se sentait coupable envers son fils, mais se réconforta en se disant qu'elle était en train de se préparer à lui offrir un beau-père merveilleux, donc que cela justifiait absolument qu'elle le fasse de plus en plus garder pour être avec Sam. La fin justifierait les moyens.

Et puisque Sam lui avait écrit, puisqu'il voulait la revoir, puisqu'il la considérait comme étant dans sa vie, elle fut en mesure de se réapproprier toute sa concentration et se mit au boulot, à mémoriser des textes et à lire des scénarios. Toutes ses inquiétudes s'étaient évaporées. Son angoisse était partie. Il n'avait fallu qu'un seul texto de la part d'un homme qui pensait à elle…

Elle travailla toute la journée, avec soin et attention, se surprenant de temps à autre à s'imaginer la vie qu'elle aurait avec son Sam. Elle avait beau chercher l'équilibre entre le rêve et la réalité, dans son cas, le rêve prenait très souvent le dessus sur la réalité. Elle se justifiait auprès de sa psy, donc auprès d'elle-même en se répétant que, bien que la réalité rende trop souvent les rêves inatteignables, ces derniers étaient nécessaires afin que la réalité soit soutenable. Et que c'était pour ça qu'elle avait passé sa vie à se bâtir des châteaux en Espagne.

Chapitre huit

À peine réveillée par la colère de ses trois jours de transe et de tristesse, Vanessa recommençait à fonctionner. Et surtout, le désir de vengeance bien ancré en elle, elle se mit nuit et jour à bombarder Sam d'appels et de textos d'insulte et de menace. C'était un exutoire qui lui faisait le plus grand bien. Chaque fois qu'elle s'ennuyait, chaque fois qu'elle ruminait, chaque fois qu'elle avait envie de pleurer ou de hurler, elle s'emparait de son téléphone et mitraillait son ex de messages haineux. Une fois qu'elle avait appuyé sur le bouton *Send*, elle se sentait mieux. Momentanément. Puis lorsque la douleur revenait, quelques instants après, elle recommençait, trouvant chaque fois de nouvelles choses à lui reprocher.

« Tu n'es qu'un connard d'enculé qui abandonne sa famille, si la petite a des problèmes plus tard, ça sera de TA faute, rien d'autre, tu vas voir comme tu vas le regretter, tu verras comme ta vie deviendra un enfer parce que tu sais très bien que tu baises une salope. Et tu sais comment je sais que c'est une salope ? Parce qu'il n'y a que les vraies salopes qui piquent les hommes mariés aux femmes bien. Une vraie pute, ta maîtresse. Tu te rends compte que tu nous déshonores tous ? Et ta fille, elle en dira quoi plus tard ? Je te hais, Sam, et je ne serai pas la seule. Ta famille te haïra quand elle constatera les torts que tu nous causes, à moi, mais surtout à Emma. »

Et ça continuait, sans arrêt. Sam gardait son téléphone en mode « Lune » la plupart du temps, surtout lorsqu'il était avec Lili, afin que celle-ci ne soit guère affectée par le flot ininterrompu de bêtises qu'il recevait, mais certains des mots de sa femme ne faisaient pas que l'effleurer. Tranquillement, le sentiment de culpabilité que ceux-ci cherchaient à lui infliger se forgeait un passage sous sa peau.

Mais les couteaux que Vanessa lançait sans cesse à son ex-mari reflétaient ceux qu'elle-même recevait en plein cœur chaque fois qu'elle fermait les yeux et qu'elle se laissait emporter par le torrent incessant de souvenirs, de pensées et d'images qui l'attaquaient.

Elle avait besoin de s'éloigner, de se retrouver, de revivre des moments heureux et calme, de sentir qu'elle avait, elle aussi, le droit d'être importante. Elle avait besoin de renouer avec le yoga parce que, lorsqu'elle l'enseignait, elle se sentait aimée, écoutée et admirée et, puisque plus personne ne voulait d'elle, elle se rendait essentielle ailleurs.

Il lui manquait du recul sur la situation et elle avait décidé de téléphoner à Angela, sa meilleure amie jusqu'alors excommuniée. Cette dernière l'avait écoutée sans broncher. Devant la douleur et la confusion dont faisait montre Vanessa, Angela avait eu la délicatesse de ne jamais mentionner le démêlé qu'elles avaient eu au restaurant. C'était comme si rien n'était arrivé entre elles. Vanessa, après avoir raconté la tornade qui venait de la jeter par terre, alternant soubresauts, hoquets et sanglots, avait allumé une cigarette et, d'une voix grave et tremblante, avait fait part à son amie de diverses idées qu'elle avait eues afin de rendre à Sam la monnaie de sa pièce.

Parmi celles-ci, elle avait mentionné la possibilité de prendre la garde totale de la petite, de le laver financièrement, de l'accuser injustement de viol, de se pointer à son bureau et de tout foutre en l'air – les papiers, les ordinateurs, les meubles –, d'élaborer un plan pour ruiner la carrière de Lili en lançant des rumeurs et en propageant des mensonges à son sujet, de détruire sa voiture…

Angela l'avait stoppée dans son élan de plans sataniques et lui avait suggéré de ne pas éparpiller son énergie à chercher à leur faire du mal, que cette escalade d'émotions si fortes et si destructrices était inutile, et de se concentrer à se rebâtir elle-même une vie. Elle était encore jeune, Sam lui laisserait sûrement assez d'argent pour qu'elle se reconstruise, peut-être même pourrait-elle ouvrir son propre studio de yoga, et un jour, elle rencontrerait quelqu'un d'autre. Quelqu'un qui lui ressemblerait plus, qui saurait reconnaître sa valeur et qui l'aimerait réellement.

Ces mots l'apaisèrent.

« Tu as raison, Angie », avait reconnu Vanessa.

Angie l'invita à souper le soir même, chez elle. La petite Meghan dormait déjà lorsqu'elle arriva, mais Dino, le mari empoté d'Angie, était en train de préparer de la sauce bolognaise dans leur cuisine au sol de linoléum jamais rénovée. Angie n'en avait d'ailleurs rien à cirer de la déco intérieure, et apparemment du ménage non plus puisque la maison était dans un état bordélique indéfinissable, avec des planchers frôlant la malpropreté. Dino s'était tourné vers Vanessa lorsqu'elle avait fait irruption dans la cuisine. Angie l'avait informé de l'état de cette dernière et lui avait demandé d'être extradoux et bienveillant envers elle, deux états que Dino était loin de maîtriser. Il en devint maladroit et lança d'emblée, toujours en mélangeant sa sauce à spaghetti, avec une fausse bonhomie et sans aucune déférence envers sa propre femme :

« Bonsoir, Ness. Angie m'a dit pour Sam et toi. En tout cas, moi, je trouve que tu es une sacrée belle femme et, si j'étais célibataire, tu peux être certaine que je me mettrais sur ton cas dès maintenant.

— Eh, oh ! Dino ! Tu t'entends parler ou quoi ? rétorqua sa femme.

— Ça va, Angie, il essaie juste d'être gentil, j'en ai besoin en ce moment », dit Vanessa.

Angie lui avait fait un petit sourire mi-figue mi-raisin et avait continué à mettre la table.

Ils dînèrent tous les trois et Vanessa leur raconta deux fois toute son histoire du début à la fin. Elle se lança ensuite dans une tirade de *bitchage* contre cette Lili Blumenthal, son ennemie jurée. Angie et Dino l'écoutèrent en essayant tant bien que mal de la réconforter et lui proposèrent finalement de s'installer chez eux quelque temps, histoire qu'elle se remette de ses émotions et qu'elle soit bien entourée.

« C'est moins dur quand on n'est pas seule, Vanessa, allez, accepte, je te promets que ça te fera du bien, et les journées où tu auras Emma, au moins elle s'amusera avec Meghan. »

Dino, soutenant intensément Vanessa du regard, joignit avec insistance sa voix à celle de sa femme, argumentant que cela était nécessaire pour éviter qu'elle s'enfonce dans la mélancolie et l'isolement. Ness finit par accepter, et Dino l'emmena chercher ses affaires personnelles chez elle.

Dans la voiture, Vanessa remarqua que Dino lui jetait des regards furtifs. Quelque chose dans sa façon de s'adresser à elle avait changé. Elle refusa d'y donner une signification trop profonde, mais Dino semblait la voir d'un œil différent depuis qu'il la savait célibataire. Tout le long de la route, elle se sentit quelque peu mal à l'aise et essaya de lui parler de Meghan et d'Angie le plus possible, pour lui rappeler qu'il était marié et père de famille.

Une fois de retour chez Angela, elle alla fumer une cigarette sur la terrasse avant de la maison, puis s'éclipsa dans la chambre d'amis. Elle avala l'Ativan que son amie lui avait proposé après avoir vu de près l'ampleur de ses cernes, puis s'endormit une dizaine de minutes après, d'un seul coup, sous l'effet de cette petite pilule qui offrait un sommeil du juste à ceux qui l'avaient égaré parmi les travers de la vie.

Entourée d'Angie et de Dino, Vanessa se remit sur pied étonnamment rapidement. Elle aidait Angela dans la cuisine, jouait avec Meghan et avait même été chercher Emma une journée. Le malaise qu'elle avait ressenti lorsque Dino se trouvait dans la même pièce se dissipait peu à peu, et ce dernier n'avait plus jamais osé de commentaire suggestif à son égard. D'ailleurs, elle le voyait à peine, il partait dès 5 h 30 pour aller bosser à la voirie et ne revenait que tard le soir, après être passé à sa brasserie préférée avec ses collègues.

Angela eut donc tout le loisir de renouer sérieusement avec son amie et, surtout, de s'occuper d'elle.

Et effectivement, Vanessa allait mieux, appuyée de la sorte, aimée, et aussi regardée par le mari de sa meilleure amie. Elle avait repris l'enseignement du yoga et semblait se retrouver, mais, sous le couvert de l'apparente sérénité de celle qui se résigne à accepter son sort et à lâcher prise, elle n'avait cessé, ne serait-ce que pendant une seule journée, d'envoyer secrètement ces messages remplis d'insultes à son ex-mari. Et ça, elle ne le mentionnait jamais à Angela.

C'est entre autres pour cela que Sam, fatigué et pris d'une certaine pitié envers celle dont l'échafaudage des rêves et des aspirations venait de s'écrouler dans un nuage de poussière, non pas par sa faute entièrement, certes, mais bon, quand même un peu, lui transféra 10 000 $ afin qu'elle s'adonne à autre chose qu'au sport malsain de peindre sa propre vie de couleurs haineuses et frustrées.

Lorsqu'elle reçut cette somme, Vanessa fondit en larmes. S'il lui avait envoyé cet argent, c'est qu'il préférait acheter la paix en lui refilant des sous plutôt que de venir la consoler, de la réconforter et de lui parler en passant doucement la main dans ses cheveux. Cet argent signifiait qu'il n'y avait pas de retour possible. Elle exposa la chose à Angela qui chercha à lui expliquer que c'était mieux ainsi et qu'au moins, à partir de cet instant, elle en avait le cœur net. Mais quelque chose en Vanessa avait flippé. La même amertume, le chagrin sans issue qui s'étaient immiscés en elle tout juste après qu'elle eut découvert que Sam en voyait une autre s'ancrèrent de nouveau en elle. Avant de sombrer une fois de plus, pour éviter la dépression, elle décida qu'il fallait absolument qu'elle prenne le taureau par les cornes et qu'elle fasse quelque chose, n'importe quoi, pour aller mieux.

L'Inde. De toute sa vie post-Laura, c'était là qu'elle s'était sentie le mieux. C'était là, loin des problèmes et des tracas de sa vie quotidienne, loin de Sam et de sa famille, loin de ses échecs, qu'elle saurait se recentrer. Une pause de sa propre vie lui ferait un bien énorme. Elle annonça son voyage à Angela qui, n'approuvant pas du tout le fait qu'il lui faille aller jusqu'en Inde pour panser ses blessures, lui répondit, sans filtre, d'un ton fort, fâché :

« Vanessa, je vais te dire un truc. Quand on ne va pas bien, quand on est rongé de l'intérieur, quand tous nos fantômes, nos démons se liguent pour nous rendre la vie impossible, on a beau aller à l'autre bout du monde, ceux-ci restent avec nous. Oui, l'Inde, c'est merveilleux, *namasté*, yoga, sérénité, *om*, tout ce que tu veux, mais tu t'imagines quand tu vas rentrer ? Je vais te dire ce que je crois qu'il va se passer. Tu vas te la farcir pour de vrai, la putain de dépression, en revenant. Tu vas aller dans ton petit paradis en haut de la montagne, avec yogi-ci et yogi-ça, tu vas manger ayurvédique, pas de viande, pas de produits transformés ou de gluten, et tu vas revenir ici, tu vas te retrouver nez à nez avec ton enfant qui se souviendra à peine de toi, de ton ex qui sort avec une actrice qui réussit, elle, et devant ton divorce qui va te prendre la tête. T'es vraiment certaine que c'est une bonne idée ? Moi, je te dis, un bon psy, deux ou trois verres de vin, une petite soirée en boîte, une bonne baise, une inscription à Réseau Contact et, hop, déjà tu iras mieux. »

Pendant qu'Angela parlait, Vanessa faisait non de la tête, les yeux pleins d'eau.

« Angela, si je n'y vais pas, je vais péter les plombs. Je ne crois pas aux psys. C'est pour les gens qui ont de vrais problèmes dans la tête. Et puis, dès qu'ils ont entre les mains quelqu'un qui n'en a pas, ils s'arrangent pour leur en créer. Ils sont là pour faire de l'argent. Je n'ai pas de problème dans ma tête, tu comprends ? C'est Sam qui en a un et c'est pour ça qu'il m'a laissée.

— Ah ! D'accord, je vois. Et Yogi Machin en Inde qui te demande 5 000 $ la retraite pour manger trois feuilles de bananiers et t'asseoir en silence sur un coussin pendant six semaines, il ne veut pas faire de l'argent, lui ? Secoue-toi, Ness. Tu vas te perdre. Ça allait, là, depuis que tu es chez nous, tu médites, tu reprends du poil de la bête, tu te mets belle, tu es bien ici. Tu peux rester autant que tu veux, mais je t'en supplie, ne va pas te perdre encore plus dans un ashram complètement déconnecté du monde. Ils vont te rendre complètement zinzin.

— Angie, j'ai acheté mon billet. J'y vais. Je pars après-demain. »

Angela se tut, la regarda avec un mélange de déception et de pitié, et lui dit : « Ness, au fond, fais ce que tu veux. Je ne peux pas t'aider si, toi, tu ne t'aides pas. »

Vanessa lui en voulut d'avoir dit cela. Pour elle, ce voyage était la meilleure chance qu'elle avait de pouvoir s'aider. Tout le monde la prenait pour une folle. Personne ne la comprenait. Le yoga était LA chose qui allait sauver le monde et, surtout, qui allait la sauver, elle. Si tout le monde prenait le temps de respirer, de s'étirer, de communier avec les autres êtres vivants, la planète irait déjà mieux. Elle savait ce qui était bon pour elle.

Elle remercia Angela et Dino, fit sa valise et partit chez elle préparer son grand départ. Elle annonça sa décision à Sam par texto.

Il en fut surpris, même s'il s'attendait à un coup de théâtre de la part de son ex. Il aurait préféré que Vanessa renoue avec sa fille et mette de l'ordre dans ses affaires, mais il lui répondit par texto qu'il l'encourageait à partir. D'une certaine manière, cela lui donnerait un répit. Et l'idée de Vanessa semblait d'ores et déjà toute faite. Sam se dit que c'était peut-être préférable pour la petite, mieux valait une mère loin mais heureuse qu'une mère névrosée et inconstante.

CHAPITRE NEUF

L'avion s'apprêtait à atterrir à Mumbai. Vanessa redressa son siège et prit une grande respiration. Elle se sentait mieux depuis que le pilote avait annoncé qu'ils survolaient l'Inde. Une fois l'aéronef au sol, elle consulta son fil Facebook. Elle espionna la page de Lili Blumenthal et tomba sur une photo dé Sam et d'elle bien sapés pour une soirée ou un gala. Elle fut saisie d'une violente envie d'envoyer une bordée de messages textes d'insultes à son ex. Elle inspira longuement et profondément, puis elle expira et s'en remit à ses forces mentales. Elle n'envoya rien. Il fallait qu'elle commence son pèlerinage du bon pied. Elle sortit de l'aéroport et retrouva cette sensation qu'elle aimait tant, l'air chaud et humide, les effluves de cari et de fleurs, de poubelles et de sueur, le bordel partout, sur le trottoir en attendant le taxi, les cris, les sons, les klaxons, les autobus, elle se faisait regarder par les hommes, par les passants... De nouveau, elle se sentit spéciale et elle adorait cela. Elle était différente, elle, elle méritait qu'on s'attarde à sa silhouette, à sa jolie tête. Ici, elle ne passait pas inaperçue et cela lui redonnait espoir de retrouver sa place.

Elle avait pris la bonne décision.

À Montréal, Lili et Sam s'accordaient avec délectation une véritable lune de miel. Rien ne semblait pouvoir un jour briser cette magie qui s'était installée entre eux. Cette période de bonheur offrait aux amoureux tout le loisir de vivre une seconde jeunesse. Sam et Lili s'en donnaient à cœur joie non seulement au lit, qui accueillait des moments inestimables, des moments de grande fusion qui confirmaient la perfection de leur chimie, mais ils sortaient beaucoup également, dans des restaurants et des bars branchés de la ville, se créant chaque fois un microcosme d'intimité parmi toutes les foules qui les y abritaient. Plus il y avait de gens autour d'eux, plus ils se sentaient privilégiés d'être si heureux, de former ensemble, d'une façon magnétique, une entité inséparable à travers cette masse. Ils se savaient le centre d'attention de tous les regards dès qu'ils pénétraient quelque part.

Le visage de Lili était de plus en plus connu, et la prestance de Sam avait son effet. Ils étaient beaux à voir ensemble. Un *power couple* qui n'avait rien à envier aux stars des revues à potins d'Hollywood.

Leurs enfants respectifs, le petit Tom et la petite Emma, quant à eux, se faisaient garder sans cesse durant cette période, les parents n'étant réellement disponibles que pour leur tendre moitié, entièrement sous l'emprise des hormones de l'amour.

Un après-midi tout gris, alors qu'ils étaient étendus et repus après avoir fait l'amour pour la quatrième fois de la journée au son de la pluie tambourinant sur la fenêtre, Lili se risqua à révéler à Sam la couleur des sentiments qu'elle nourrissait à son égard. À cause de son passé, à cause de sa faible estime d'elle-même, à cause de ses peurs et de ses insécurités, cela équivalait pour elle à s'exposer au danger, à se mettre à l'avant de la ligne de combat, à dévoiler une partie d'elle qui avait toujours eu tendance à lui causer plus de mal que de bien.

Sam s'endormait à ses côtés, nu comme un ver sous le drap de coton égyptien, beau avec ses muscles définis et bien serrés, sa barbe naissante et sa respiration d'homme accompli et satisfait. Lili le regardait tendrement, presque touchée par la vulnérabilité de l'homme dans son plus simple appareil, dénué de toute image de succès, de carrière, délesté du poids de ses obligations, tout bonnement beau pour ce qu'il était et non pour la confiance qui émanait de sa personne dès qu'il conversait avec autrui. Elle en était complètement amoureuse, il n'y avait pas de doute là-dessus. Il ne lui avait pas encore dit qu'il l'aimait, mais elle en était certaine, certains gestes, certains regards et certaines paroles ne mentaient pas et, bien qu'elle eût préféré qu'il soit le premier à se déclarer, elle décida d'être authentique, de défier ses craintes et de trouver une phrase résumant l'étendue de ses sentiments. Elle ne pouvait lui dire : « Je t'aime. » Car d'après son expérience personnelle, dire cela, c'était signer l'arrêt de mort d'une relation, avant même qu'elle ait réellement commencé. C'était éloigner l'autre, l'effrayer, le faire douter du potentiel de la relation. Elle avait appris, au fil des ans et de ses amours, qu'il valait mieux qu'elle s'en tienne à jouer le jeu, à repousser la minute des déclarations sentimentales et à se prétendre inaccessible le plus longtemps possible. Mais, avec Sam allongé à ses côtés, presque vulnérable, nu sous son drap beige, elle ne put s'empêcher de laisser s'échapper de sa bouche la phrase suivante :

« Tu sais que je suis complètement amoureuse de toi, n'est-ce pas ? »

Il ne répondit rien sur le coup, mais, les yeux toujours fermés, il afficha un grand sourire et se tourna en sa direction pour l'attraper entre ses bras et l'embrasser dans le cou. Puis il murmura :

« Oh, mon Dieu, tu es la douceur incarnée, c'est merveilleux ! »

Il sombra dans le sommeil.

Lili ne sut que penser de ce qu'il venait de lui murmurer. Elle sentit une boule d'angoisse se pointer sous son sternum, des larmes lui monter aux yeux et eut soudainement envie de s'enfuir le plus loin possible, dans un lieu où ni les hommes ni l'amour n'existaient, un havre où elle pourrait enfin vivre une vie sans s'en faire, sans chercher constamment une réciprocité de la part de ces êtres à qui elle était toujours prête à tout céder, à cause d'un cœur qu'elle avait trop grand peut-être et, surtout, à cause du trou sans fond qui logeait en elle depuis son adolescence.

Mais elle ne bougea pas. Après tout, Sam ne lui avait rien dit de mal. Au contraire, il avait affiché une mine remplie d'affection avant de s'endormir. Mais cela ne suffit pas à éloigner les tracas de Lili. Elle venait de tout foutre en l'air par sa propension à l'intensité et à l'émotivité. Elle aurait dû fermer sa gueule et attendre qu'il manifeste ses sentiments en premier.

Même si elle ne s'attendait pas à une réponse de réciprocité de la part de Sam, elle l'avait espérée.

Lili demeura assise dans le lit, contre l'oreiller, à pleurer intérieurement, immobile, en observant Sam qui ne semblait préoccupé par rien du tout. D'après son expérience, ce n'est pas que l'homme changeait lorsqu'elle lui avouait ses sentiments, mais plutôt qu'elle-même était différente, ce qui modifiait généralement la manière que lui avait de la voir. Une fois son cœur ouvert et prêt à tout, elle devenait malléable, essayant sans arrêt de s'adapter à ce que l'homme qu'elle aimait désirait ou recherchait, voyant peu à peu sa propre intégrité s'enfouir sous la personnalité de cette nouvelle femme idéale sculptée tout spécialement selon les standards et les préférences de celui qu'elle souhaitait à tout prix voir fou d'elle.

Je n'arrive à garder à mes côtés que les hommes dont je ne tombe pas amoureuse.

Dès qu'elle perdait pied, elle ne savait plus se préserver, elle pouvait tout donner en se disant qu'elle n'attendait rien en retour, mais c'était faux, car plus elle donnait, plus elle était déçue lorsqu'elle ne recevait pas ce qu'au fond elle cherchait désespérément, soit un amour inconditionnel.

Toute son enfance, elle avait vu son beau-père boire et boire comme un puits sans fond, puis réclamer à tout un chacun un amour plus grand que nature. Une fois que les vapeurs d'alcool faisaient leur effet sur lui, il exigeait que, malgré les cris, malgré les insultes, malgré les menaces, malgré la tromperie, sa femme l'aime encore plus que tout. Que toutes les femmes l'admirent et que ses amis lui accordent la priorité. Plus il buvait et plus il donnait l'illusion d'être maître de lui-même, car il en devenait imposant, il aboyait fort et il pouvait faire peur. Mais en vérité, avec ou sans vodka, il avait si peu confiance en lui, il cherchait tant à se remonter constamment qu'il se servait d'un semblant d'admiration qu'il exigeait des autres pour arriver à s'apprécier lui-même.

Lili lui avait-elle pardonné ? Elle ne le savait pas. Pouvait-elle pardonner à celui qui lui avait légué un immense mal de vivre, même si c'était aussi celui qui l'avait élevée, consolée, aimée ? Elle aimait celui qu'elle considérait comme son père, cela ne faisait aucun doute, mais elle ne parvenait pas à se trouver en sa présence sans que ses souvenirs d'enfance l'assaillent. Lui semblait avoir effacé de sa mémoire toute trace de son attitude passée, il s'était adouci et attendri, il vivait seul et n'avait plus vraiment le choix de tempérer ses ardeurs pour continuer à cultiver ses relations ; le temps avait fait son travail, sa beauté de jeune homme fougueux avait peu à peu laissé place à des cheveux grisonnants, à des rides et à un pneu autour de la taille.

Peut-être aurait-elle su aimer et être aimée si elle avait appris comment. Mais tout ce que ses parents lui avaient montré, c'était qu'en tant que femme on pouvait se laisser rabaisser sans limites, qu'on devait tout accepter sans jamais partir, qu'on avait ce qu'on méritait et que d'autres, plus belles, plus fortes, plus intelligentes, méritaient mieux que nous. Lili avait brisé des cœurs, surtout celui de Yannick, son ex-mari, mais elle était certaine que la vie l'avait punie au centuple.

Elle jeta un coup d'œil à Sam, endormi à côté d'elle. Il était si beau. Elle le regarda et elle sut d'emblée qu'il serait celui des deux qui partirait en premier. Que lui aussi lui briserait un jour le cœur. Et qu'elle allait finir par le perdre. Juste parce qu'elle était amoureuse. Quel gâchis !

Sam se réveilla et la prit dans ses bras. Ils firent l'amour et Lili s'offrit sans réserve, entièrement soumise aux désirs de Sam, s'abandonnant peu à peu à son propre plaisir pour terminer avec un orgasme suivi d'une énorme envie de pleurer qu'elle réprima en buvant un grand verre d'eau.

Sam ne remarqua rien.

Après l'amour, il l'embrassa négligemment sur le front et alla à la salle de bain.

Pourquoi n'arrivait-elle pas simplement à apprécier cet amour tel qu'il lui était offert, sans en demander plus ?

Sam lui avait prouvé, à sa façon, qu'il l'aimait. Il quittait sa femme, il passait presque toutes ses nuits avec Lili, il la sortait, l'écoutait, la textait, lui téléphonait.

Mais avec tout cela venait la peur sournoise de soudainement perdre ce bonheur auquel elle avait eu le privilège de goûter.

Lili avait du travail. Mais puisqu'elle passait désormais la plupart de son temps dans les bras de Sam, elle était en voie de devenir la reine officielle de la procrastination. Ils avaient tous les deux mis de côté leurs devoirs, Lili remettant à la dernière minute la mémorisation de ses textes, et Sam travaillant généralement sur son portable depuis le lit ou la cuisine de Lili, s'excusant auprès de son équipe en prétextant qu'il courait sans arrêt de *meeting* en *meeting* et que c'était la raison pour laquelle il n'était que très peu au bureau.

Mais il commençait à sentir la pression revenir au galop, les courriels s'accumulaient et il ne les lisait pas assez rapidement. Il avait un film à monter et un autre à préparer, il ne pouvait continuer ainsi, sa *business* allait perdre des plumes. D'un autre côté, plus il passait de temps aux côtés de Lili, moins il arrivait à se séparer d'elle.

Un instinct protecteur envers elle s'installait tranquillement. Celle qu'il avait d'abord cru être une femme fatale, *superwoman* et actrice de grand talent, ne laissant sa place à personne sur un plateau, s'avérait petit à petit une jeune femme sensible et attentionnée, toujours prête à lui rendre service, d'une douceur incomparable, contrairement à Vanessa, dont l'aigreur l'avait éloigné au fil des années.

Il devinait chez Lili une âme écorchée, des blessures non résolues et peut-être une tendance au *blues*, à force de trop rêver et de trop se chercher. Mais ça ne le dérangeait pas. Au contraire, cela lui conférait un rôle de sauveur dont il avait envie de se targuer. Et au bout du compte, puisqu'elle l'avait sauvé à sa façon d'un mariage-prison, il pouvait bien être l'épaule sur laquelle sa jolie tête s'appuierait lorsque la vie devenait trop lourde pour sa frêle stature.

Il l'aimait. Il n'avait aucun doute là-dessus, mais il aimait surtout se sentir fort et nécessaire à ses côtés. De l'*empowerment* au plus haut degré.

Il était cependant grandement temps qu'il accorde de nouveau plus d'importance à son travail et à sa fille. Et, surtout, qu'il aille s'asseoir avec son père pour lui expliquer ce qui était en train de se passer. Mounir avait été dans tous ses états en apprenant non pas qu'il quittait Vanessa, mais plutôt qu'il la quittait pour une femme aux mœurs légères qui se permettait de s'infiltrer dans un mariage, dans un foyer. Il l'avait d'ailleurs déjà vue à moitié nue dans un téléfilm. De plus, elle élevait seule un enfant qu'elle avait eu d'un homme qui vivait au bout du pays. Il n'y avait qu'une seule explication possible pour lui : son fils devait être en train de traverser la crise de la quarantaine et pétait les plombs. Toute la famille avait désapprouvé les actions de Sam et, sans nécessairement soutenir Vanessa, qu'elle avait toujours trouvée insupportable, elle ne pouvait lui donner de tapes dans le dos pour le féliciter.

Sam devait remédier à cette situation. Il aurait besoin de son père pour passer à travers le divorce, il aurait besoin de ses conseils, de sa présence, d'une quelconque approbation de son choix de préférer le bonheur à la stagnation.

Nour comprenait son fils d'avoir choisi de déserter sa femme. Elle avait vécu avec eux. Elle connaissait Vanessa et son côté manipulateur. Elle la savait capable de tout et elle ne voulait que le bonheur de son Sam. Mais à côté de celle du père, l'opinion de la mère ne pesait rien.

Sam se rhabilla, prit le visage de Lili entre ses mains et l'embrassa longuement sur la bouche, sa langue tourbillonnant quelques instants avec la sienne. Puis il partit en lui promettant de l'appeler plus tard, laissant derrière lui un grand courant de solitude qui glaça le sang de Lili.

CHAPITRE DIX

Les semaines suivantes, Sam disparut peu à peu dans son boulot et ce fut pénible pour Lili. Un plus grand laps de temps s'écoulait entre ses appels et ses textos. La fréquence de leurs rencontres était passée à deux fois par semaine. Elle comprenait qu'il lui fallait s'occuper de ses affaires, mais elle paniquait à l'idée de n'avoir été qu'une porte de sortie à son mariage, qu'une aventure sans but, sans engagement. Cela n'était pas possible, elle avait décelé à quel point elle lui plaisait. Chaque matin, elle se mordait les doigts pour ne pas être la première à l'appeler ou à le texter. Elle jouait à l'indépendante en se répétant *Fake it 'til you make it* et en espérant qu'elle réussirait à devenir une de ces femmes qui n'ont pas besoin de compagnie, qui mènent les hommes par le bout du nez et qui sont toujours si sûres d'elles, ou du moins qui le laissent croire.

Ce n'était pas que Sam n'avait pas envie d'elle ou de la voir, mais les choses ne se déroulaient guère comme prévu. Il avait plusieurs plateaux à gérer, il avait remis la main à la pâte et s'était laissé happer par son travail. Il n'avait pas le choix. Plus il replongeait dans son boulot, plus il redécouvrait cette sensation de pouvoir que lui procurait le contrôle qu'il avait sur toutes les sphères de sa *business*. Sam était, lui aussi, un être profondément anxieux, mais il ne le savait pas. Et pourtant, il avait tant besoin pour être bien dans sa peau d'être au-dessus de ses affaires, d'être apprécié par le milieu et surtout d'être félicité par sa famille, par son père, qu'il n'était réellement heureux que lorsque son téléphone sonnait sans arrêt, que les médias parlaient de son travail et que les projets s'empilaient sur son bureau.

La sensation de bonheur nouveau que lui avait procurée Lili les premières semaines s'estompait-elle peu à peu? Il en avait l'impression, mais préférait ne pas y penser. Après tout, n'était-ce pas normal de se sentir profondément amoureux au début d'une relation, lorsque les hormones s'en donnaient à cœur joie comme dans un ballet de Tchaïkovski?

En remettant la main à la pâte, il voyait de moins en moins la nécessité de s'engager sérieusement auprès de Lili. Certes, il pouvait l'aimer, la voir, la fréquenter, mais il constatait au fil des jours à quel point elle pouvait être intense et émotive, à quel point l'actrice en elle primait tout le reste et à quel point il avait besoin de calme et de paix en ce moment pour faire progresser sa boîte.

Il la verrait quand il le pourrait, et puis il prendrait des décisions plus tard, mais, pour l'instant, ses affaires constitueraient sa priorité.

Cela le satisfaisait tout de même de savoir Lili prête à le recevoir en tout temps, son corps était délectable, et il aimait retrouver à ses côtés son rôle de sauveur. La vulnérabilité de Lili le rendait plus fort et il aimait ça.

Chapitre onze

Lili regardait nerveusement autour d'elle. Chaque fois qu'elle sentait qu'elle avait dévié de la trajectoire qu'elle s'était fixée en commençant sa thérapie, elle baissait les yeux, comme si elle éprouvait de la honte, avant d'en parler à sa psy. Elle prit une profonde inspiration, tout en balayant du regard ce bureau qu'elle connaissait si bien. Les belles et grandes fenêtres qui devaient avoir pour but de donner un peu de lumière et d'espoir à ceux qui payaient pour pleurer ou se plaindre, le cadre qui parlait de cette vie faite de toutes les couleurs de l'arc-en-ciel, ces toutous pour les enfants qui consultaient, les gros coussins sur le sofa de velours qui trônait au milieu de la pièce, le fauteuil d'Olivia. Ce bureau l'avait vue et entendue pleurer, rire, sautiller de joie, faire des crises de panique, parler de ses histoires d'hommes, se sentir coupable, extraordinairement bien ou misérable, semaine après semaine, toute la dernière année. Cette pièce avait absorbé son lot de secrets, c'était certain, et voilà que Lili s'apprêtait à y raconter qu'elle ressentait encore et toujours la même chose dès qu'elle se laissait attraper par l'amour. Récemment, dans un des livres de psycho pop qu'elle avait l'habitude de garder sur sa table de chevet au cas où une angoisse nocturne lui volerait son sommeil, elle était tombée sur un passage qui décrivait la roue des *patterns* qui tourne en nous jusqu'à ce que l'on s'en libère une fois pour toutes. Qu'est-ce que cela allait lui prendre, à elle, pour se débarrasser de sa *fucking* roue ? Est-ce qu'on donnait des jetons aux filles qui réussissaient à ne pas regarder sans arrêt leur téléphone pendant vingt-quatre heures, comme aux alcooliques qui passaient à travers leurs journées à sec?

En ce jour triste et pluvieux, le bureau d'Olivia lui rappelait qu'on avait beau connaître nos habitudes, nos *patterns*, ça ne suffisait pas. Il fallait du temps, beaucoup de temps. Et c'est pour ça qu'elle commençait à être convaincue que les livres de psycho pop sur la visualisation étaient de la grosse merde. Parce que ça prenait plus que de la pensée magique pour réparer des vies entières, pour détourner des chemins incrustés dans nos façons d'être depuis notre plus tendre enfance.

Lili s'installa confortablement sur le sofa, en prenant bien soin d'enlever ses bottillons et de les déposer comme il faut par terre. Elle s'affaissa contre un des coussins marocains et se cacha le visage. Olivia ne dit mot. Elle attendit une minute, le temps de voir si Lili allait s'effondrer en larmes ou bien écarter les mains et afficher un sourire confus ou sarcastique. Comment pouvait-elle en être exactement au même point une année plus tard? Qu'avait-elle fait au bon Dieu pour qu'elle n'ait jamais l'esprit en paix?

Lili se mit à parler, solennellement.

«Je crois que j'ai fait une gaffe, Olivia. Sam s'endormait à côté de moi. Il était beau comme un cœur, ses yeux, juste trop bleus et trop beaux, étaient en train de se fermer et je n'ai pas pu me retenir. Je n'ai pu m'empêcher de lui dire comment je me sentais. Il fallait que ça sorte, c'était beaucoup trop fort...

— Et?

— Eh bien, je pense que c'est trop sorti.

— C'est trop sorti? Que veux-tu dire?

— Que de toutes les phrases que j'aurais pu choisir pour lui parler de la joie que je ressens lorsque je suis avec lui, celle qui s'est échappée de ma bouche a choisi d'être la plus intense.

— Lili. Approprie-toi ce que tu as dit. Ta bouche n'a pas parlé sans ton consentement...

— Bon, d'accord. Alors, de toutes les phrases que j'aurais pu lui sortir pour lui dire que je l'appréciais, celle que j'ai choisi d'utiliser est la suivante : "Tu sais que je suis complètement amoureuse de toi, n'est-ce pas ?"

— …

— Ben, dis quelque chose, Olivia.

— Écoute, tu lui as dit avec sincérité la façon dont tu te sentais. Ce n'est pas une gaffe, Lili. Mais je crois que, toi-même, tu as surestimé la sensation que te procurent tes émotions. Tu n'es pas amoureuse de lui encore, Lili. Tu as eu un gros coup de grisou. Tu es complètement *infatuated*, comme diraient les Anglais. Tu as des papillons, tu as les hormones en fête, mais tu ne l'AIMES pas.

— Pardon, Olivia. Je sais que tu me connais probablement mieux que moi-même, mais peux-tu s'il te plaît m'expliquer comment tu peux savoir si je l'aime ou pas ?

— Attention. Ça n'a aucun rapport avec le fait que ce soit toi en particulier. L'amour est un immense feu que l'on peut choisir de nourrir ou d'éteindre, de rallumer ou d'étouffer à tout jamais. C'est un incendie qui peut chauffer la terre entière ou bien la détruire. Mais peu importe la direction que prend cet incendie, il commence toujours par une étincelle. Et là, tu te trouves à la phase "étincelle" de l'amour. Tu as tout ce qu'il faut entre les mains pour en faire un beau et magnifique feu. Pour t'y chauffer le cœur à tout jamais. Mais l'amour n'est pas encore là. Ça prend beaucoup plus que de l'amour pour aimer pour de vrai. Tu ne le connais pas complètement. Tu n'as pas été malade dans ses bras, tu ne sais pas s'il te soutiendra, s'il aimera ton fils, s'il ne choisira pas de retourner avec sa femme… Le coup de foudre, c'est une chose. Aimer, c'en est une autre. Ça prend du temps.

— Je sais ça, Olivia.

— Attends, laisse-moi finir. Tu as peut-être tendance à confondre l'intensité de ce que tu vis avec quelque chose qui n'a pas eu encore le temps de devenir ce qu'il est censé être. Donne-toi du temps. Tu brûles des étapes. Tu as toute ta vie pour lui dire "Je t'aime". Les premières semaines, les premiers mois, laisse à l'étincelle une chance de vivre un petit peu, d'être dans un entre-deux, entre le feu et le néant, c'est important, donne de l'air, donne du temps. Puis, une fois que tu auras vu que cette étincelle sait résister à un paquet de facteurs qui pourraient mettre fin à sa durée de vie, embarque-toi dans l'amour. Vas-y sans t'y perdre. Mais ne saute pas d'étapes. Ces moments-là sont précieux. Les débuts d'un amour, c'est une couverture pour les vieux jours, c'est un nid de souvenirs dans lesquels tu pourras replonger quand tu seras aux derniers pas de ta vie. Déguste l'attente, déguste l'espace que vous avez entre vos rencontres, profite de ces papillons, du suspense, nourris-t'en, tiens, pour tes rôles !

— Pfft, il faudrait d'abord que je me remette à les apprendre.

— Bien oui ! Voilà, tu as déjà commencé à t'y perdre. Ton feu, il brûle trop vite. Étouffe-le un peu. Reviens à l'étincelle pour un moment. Tu ne le regretteras jamais. Tu es au début d'une relation. Tu as encore le loisir de choisir les côtés de toi que tu veux mettre de l'avant.

— Es-tu en train de dire que je ne devrais pas lui montrer ce que je suis en tant qu'un tout ? La Lili *cool* et *superwoman* seulement, et pas l'angoissée, l'instable, la Lili qui se cherche jour après jour sans jamais se trouver ? Il me semble que l'amour, c'est accepter l'autre tel qu'il est, non ?

— Oui, mais justement. Je répète. Vous êtes encore à la phase "étincelle" de la chose. Si tu veux que celle-ci se transforme en un feu magnifique, ne donne pas à Sam de raisons de l'éteindre d'emblée. Une fois allumé, cet incendie sera plus difficile à étouffer qu'au stade où vous en êtes. Je déteste dire ce que je vais dire, mais, bien que nous soyons à l'ère de l'égalité, bien que les femmes autant que les hommes puissent prendre le dessus et amorcer un mouvement, les hommes sont et resteront toujours des chasseurs. Ne lui donne pas tout, tout de suite. Laisse-le te désirer.

— Et jouer la *fucking game* ? Encore ? Comme si j'avais dix-huit ans ? Faire semblant de ne pas être si intéressée que ça, ne pas répondre lorsqu'il m'appelle ?

— Lili. Tu pars dans un mode de pensée "tout ou rien". La vie, l'amour, ce n'est pas tout ou rien. Travaille avec les entre-deux. As-tu déjà entendu parler du concept du *bardo* ?

— Du genre "le complexe de Brigitte Bardot", une nouvelle théorie psycho-cognitivo-comportementale à la mode ? »

Lili émit un petit rire après avoir sorti cette semi-blague avec fierté.

« Lili, *come on…*

— Bon, bon. Excuse-moi. Je rigole. Si je n'ajoute pas un peu d'humour à nos séances, on va se noyer dans la lourdeur de ma non-évolution psychologique. »

Olivia sourit.

« Le *bardo,* ma chère, c'est le terme tibétain qui désigne l'état intermédiaire entre la mort et notre prochaine vie.

— Tu crois en la réincarnation, toi ? » demanda Lili, cette fois d'un ton plutôt sérieux parce qu'elle aurait aimé y croire elle-même.

En fait, elle aurait voulu croire en n'importe quoi de plus grand qu'elle en ce moment. Elle fut déçue d'être convaincue que Dieu n'existait pas. Olivia fit une pause, ferma les yeux quelques secondes puis répondit à la question de sa cliente.

« La seule certitude que j'ai par rapport à la réincarnation de la vie physique, c'est que je ne sais pas. Et cette certitude, c'est la même que je nourris par rapport à Dieu. Je ne sais pas. Savoir, c'est une chose ; croire, c'en est une autre. Mais j'aurai beau y croire fermement, je ne le saurai jamais. Là, je te parle de la réincarnation à l'intérieur de la vie même. Des nouveaux cycles qui s'enclenchent lorsque nous en fermons un. Des nouvelles phases de nos vies. Toutes ces différentes petites vies qui se passent dans la nôtre. Un mariage se termine, il y a une phase d'entre-deux. Le *bardo.* Puis un nouvel amour naîtra. Une union éventuelle. On perd notre boulot et, avant d'en commencer un autre, on se retrouve dans le *bardo.*

— Donc, les périodes de transition.

— Oui. Exactement. Eh bien, la plupart de mes clients ont peur des périodes de transition, des *bardos,* car elles représentent le summum de l'incertitude. C'est un vol au-dessus de l'océan, une ère suspendue dans le temps dont on connaît le point de départ, mais pas celui d'arrivée. Et pourtant, il n'y a jamais vraiment de départ ni d'arrivée. On n'atteint jamais concrètement la stabilité. On essaie de s'accrocher à l'illusion de celle-ci, mais on ne la possède jamais. C'est un leurre de notre société. Eh bien, les *bardos* font peur. Mais, moi, je te dis, Lili, que c'est dans les *bardos* que l'on devient des versions plus profondes, plus riches de soi-même. Que c'est là qu'on a la liberté de créer ce que l'on veut de sa vie. Ça vaut de l'or, ça. Profites-en. Ne te précipite pas à solidifier quoi que ce soit avec Sam. Prends ton temps, Lili. Prends ton temps. Tout va trop vite. Dans ta tête, dans ton cœur, dans ton corps. Apprécie les entre-deux. Apprécie l'incertitude. Je passe mes journées à écouter des gens dont, en fin de compte, le seul but est de défier l'incertitude qui définit la vie. Ils veulent tout sécuriser : les relations en mariage, l'argent en placements, les maisons, les hypothèques, les études de leurs enfants, tout… Personne ne parvient à gérer l'incertitude avec brio… Et pourtant, c'est la seule chose réelle dont la vie est faite. »

Lili sortit de sa séance chamboulée. Elle savait qu'Olivia avait raison, car c'est quelque chose qu'elle avait pu expérimenter dans les derniers mois : Olivia avait toujours raison. Elle en avait trop vu, trop entendu pour ne pas connaître sur le bout des doigts les tendances et les mouvements de la vie humaine. Lili fouilla dans son sac à main et se retint pour ne pas en sortir son téléphone cellulaire sur-le-champ. *Profite de ce mini*-bardo. *N'allume pas ton iPhone. Profite de cet entre-deux.* Elle alluma une cigarette à la place et la fuma, fixant l'horizon et le mouvement incessant des automobiles devant le bureau d'Olivia. Il fallait qu'elle se calme. Trop d'amour finirait par avoir raison de sa relation avec Sam.

Olivia ouvrit la porte de son appartement. Cette autre journée de consultations qui venait de se terminer l'avait brûlée. Depuis qu'Aurélie était partie, elle avait augmenté son rythme de boulot, voyant de huit à dix clients par jour. C'était la seule façon pour elle de surmonter sa propre peine d'amour. Elle essayait de ne pas trop comparer celles de ses clients avec la sienne, mais son esprit hyper analytique et, surtout, les souvenirs des onze dernières années passées avec celle qu'elle avait toujours appelée la femme de sa vie surgissaient continuellement dans sa tête, jour et nuit. C'était un peu moins dur lorsqu'elle était en rencontre, mais elle travaillait fort pour ne pas teinter les conseils qu'elle offrait à ses clients de sa propre récente expérience.

L'appartement était vide, même si Aurélie n'avait pris que ses effets personnels. C'est ce qui faisait le plus mal à Olivia. Lorsque l'on n'aime tellement plus quelqu'un que l'on se fiche de tout lui laisser, pour partir le plus rapidement et simplement possible. Lorsque l'on est si certain du bonheur à venir que l'on se fout d'abandonner tout son passé, de le laisser à l'autre, tel un cadeau empoisonné, du genre : « Tiens, débrouille-toi avec notre histoire, avec notre passé, avec nos souvenirs, moi, je n'en veux plus du tout. Je te les laisse au grand complet. »

Elle s'affala sur son canapé, un verre de malbec à la main, et alluma la télévision. Travailler et écouter des séries sur Netflix, c'était la seule manière dont elle allait s'en sortir. Elle se disait qu'au bout d'un ou deux ans à ne faire que ça le sourire d'Aurélie finirait par laisser place à autre chose. Non, ce n'était pas parce qu'elle était psy qu'elle ressentait moins la douleur. Au contraire, en la comprenant plus, elle y avait un accès privilégié et ne plongeait guère dans le déni ou dans des mécanismes malsains de *coping*, ce qui faisait en sorte qu'elle n'arrivait pas à l'éviter. Elle ne pouvait pas fuir sa peine d'amour.

Le temps. C'était la seule chose qui la soignerait. Le temps et, un jour peut-être, un autre amour. Mais elle était loin d'être prête pour cela. Elle pensa à Lili, sa patiente chouchou, même si, sur le plan éthique, elle ne devait jamais avoir de client préféré. Lili lui rappelait tellement sa propre personne. Olivia avait l'impression de parler à une partie d'elle-même qu'elle devait cacher pour des raisons professionnelles, évidemment, et parce qu'elle avait appris, avec le temps et les études, à maîtriser l'art de primer le rationnel plutôt que l'émotionnel. Mais Lili, avec sa fougue, son engouement, son enthousiasme, ses chagrins, son intensité, son « tout ou rien », c'était un peu elle. Elle avant qu'elle cherche à tout comprendre de ses propres folies et qu'elle fasse neuf ans d'études pour devenir une des top psys de la ville. C'était parce qu'elle comprenait réellement, authentiquement ses clients qu'elle était si bonne. Parce qu'elle connaissait par cœur la douleur physique que causait la souffrance morale. Elle s'allongea sur le canapé et plongea dans ses rêves en se laissant le loisir interdit d'imaginer Lili se déshabillant tranquillement devant elle et l'enfourcher. Un de ses plus grands fantasmes. Elle se caressa en pensant à elle. C'était immoral, non éthique, mais ô combien bon.

Chapitre douze

Tous les matins, Vanessa se faisait réveiller par la douce lumière du soleil qui se faufilait à travers les rideaux transparents. La fenêtre de sa chambre lui offrait une vue inégalable sur le lac et les montagnes, un lac aussi lisse qu'un miroir et des montagnes aussi majestueuses que de grands éléphants blancs sacrés. La vie au sein de l'ashram lui procurait un répit au-delà de toutes les attentes qu'elle avait pu avoir de ce voyage. Angela avait eu tort. C'est ici qu'elle retrouvait sa paix intérieure. C'est dans ce lieu de haute sérénité, béni par la lumière des dieux hindous que jour après jour elle apprenait à connaître un peu la vraie Vanessa, et non à se définir en termes d'épouse trahie, de star déchue ou de mère dépassée. Elle réussissait tous les jours à s'approcher un peu plus de la perspective d'un renouveau. L'aube était le moment de la journée qu'elle préférait, avec ses teintes de lavande qui s'éparpillaient dans le ciel, avec la fraîcheur de la rosée qu'elle pouvait sentir jusque dans son lit, flottant au-dessus du bruit autour de l'ashram qui s'activait.

La routine de l'endroit lui procurait une structure et une stabilité dont elle avait particulièrement besoin en ce temps où elle n'arrivait pas à percevoir la façon dont elle traverserait l'avenir une fois de retour à Montréal, sans Sam, sans ressources financières autres que ce qu'elle récolterait du divorce et les maigres revenus de ses cours de yoga. L'immensité de la nature qui servait d'écrin à l'ashram, les sourires des dévots et des maîtres, la douceur du climat, le sentiment d'appartenance à une communauté, à quelque chose de plus grand qu'elle, la simplicité de sa chambre, bref, tout ce qui l'entourait mettait un baume sur sa profonde blessure. En apparence, chaque journée ressemblait à la précédente, mais au fond chacune lui permettait d'aller plus loin dans son cheminement intérieur.

Et ce, mille fois plus qu'à Montréal. Et chaque fois qu'une journée se terminait, elle refusait de penser qu'elle se rapprochait un peu plus de son retour à la maison. Cela lui faisait peur, mais elle réussissait à lâcher prise sur la voix de l'inquiétude lorsqu'elle méditait, lorsque la seule chose à laquelle elle avait à penser était le mouvement de sa respiration.

Le programme de l'ashram lui convenait parfaitement, son horaire était décidé d'avance, encadré, et lui fournissait la structure dont ont généralement besoin les gens qui traversent une période de leur vie comme s'ils marchaient sur un fil de fer. Méditation à jeun à 6 h 30, petit déjeuner, marche dans les jardins de l'ashram, première séance d'Ashtanga, suivie d'une deuxième méditation, du karma yoga, le moment où tout le monde mettait la main à la pâte pour préparer le déjeuner et nettoyer les différentes aires communes du sanctuaire. Puis le repas, suivi d'une période de yoga chanté, d'une deuxième marche à l'extérieur, d'une autre séance d'Ashtanga et de méditation. Ensuite, les yogis avaient à leur disposition une heure pour se promener ou pour aller au village voisin, avant de se réunir de nouveau pour le dîner, puis pour des chants méditatifs avant le coucher, qui avait lieu à 22 heures.

Parmi les autres yogis qui se trouvaient à l'ashram en même temps qu'elle, Vanessa affectionnait particulièrement une jeune Irlandaise de vingt et un ans du nom de Rosemary, une toute petite femme remplie de sourires et d'attentions envers les autres. Elle se remettait d'une période immensément difficile. Elle avait sombré dans l'enfer du crack lorsqu'elle était partie à Londres pour étudier. Ses mésaventures avaient commencé par un goût prononcé pour la fête et les virées nocturnes bien arrosées, puis s'étaient poursuivies avec un copain qui avait de mauvaises fréquentations. Rosemary, qui était pourvue d'une sensibilité exacerbée par tout, s'était laissé entraîner par curiosité d'abord. Puis, ça avait mal tourné. Elle avait passé près d'un an à vivre pour ainsi dire dans la rue, après avoir fini par abandonner complètement ses études en littérature et cessé de donner signe de vie à ses parents. Puis son père, désespéré, avait réussi, avec l'aide de la police londonienne et d'un ancien copain de Rosemary, à la retrouver et l'avait ramenée de force à Dublin où elle avait été près de six mois en centre de désintoxication. C'est là-bas qu'elle avait suivi son premier cours de yoga, offert par une bénévole qui elle-même avait un passé d'accro. Rosemary avait eu la piqûre et avait mis toute son énergie, ses espoirs et sa bonne volonté dans sa pratique du yoga. Cela l'avait grandement aidée à surmonter ces mois de réadaptation et l'avait maintenue au-delà de l'angoisse des défis immenses qui l'attendraient à sa sortie. Puis, en remettant les pieds dans le monde extérieur, elle avait pris peur, peur d'elle-même, peur de rechuter, et elle avait demandé à ses parents de l'aide financière pour partir en Inde vivre en communauté recluse et pour approfondir sa pratique du yoga. Elle deviendrait professeure d'Ashtanga et, chaque fois qu'elle se sentirait au bord du gouffre, au bord de craquer, au bord de chercher quelque chose de plus fort que sa propre constitution pour parer au sentiment de n'être reliée au concret de la vie par aucun fil, elle respirerait, elle méditerait, elle se lancerait dans un mantra ou répéterait ses *asanas*. Le yoga était ce qui la garderait en vie, et elle mettrait dorénavant toute son énergie là-dedans.

Vanessa avait été touchée par l'histoire de cette jeune fille, une histoire plus dure que la sienne. C'était facile de se sentir mieux lorsque l'on entendait ce que d'autres traversaient.

Un soir, elles se promenèrent dans le village voisin, où s'affairaient autour d'elles les femmes drapées de saris multicolores qui pliaient leurs étals, pendant que les parfums d'épices voyageaient dans l'air alourdi par l'humidité et la chaleur extrême, et que les cris de jeux et de joie des enfants fusaient de tous côtés, conférant à la scène une légèreté et une allégresse dont Vanessa et Rosemary avaient bien besoin à la fin d'une journée où elles avaient passé entre autres plus de deux heures à approfondir la même posture d'ouverture des hanches et d'élongation du psoas.

Et ce soir-là, au cours d'une conversation où Vanessa s'ouvrait à Rosemary à propos de sa séparation, cette dernière lui avait posé une question qui changea le cours de son raisonnement par rapport à Sam et Lili, et par rapport à l'illusion dans laquelle elle avait cherché à enfermer son chagrin.

« Vanessa, qu'est-ce qui t'a fait le plus mal dans ta rupture ? »

Vanessa regarda Rosemary comme si cette dernière était une extraterrestre.

« Mais tout, Rosie ! Je viens de tout te raconter. Absolument tout fait mal dans une rupture.

— Pas nécessairement, Vanessa. As-tu déjà pensé à te pencher, une fois que se seraient atténués les éclats du choc initial, sur le point, la chose, le mot, la pensée qui fait en sorte que tu ressens ce couteau qui te transperce la peau, le cœur, comme tu viens de me le décrire ? »

Vanessa prit une pause et se lança dans un monologue, exaspérée par la banalité de la question de Rosemary. Au rythme de ses mots, elle se mit à accélérer le pas, obligeant son amie à s'adapter à sa cadence. Vanessa avait une attitude défensive. Rosemary savait qu'à l'origine de ce ton se trouvait une douleur aiguë et ne broncha pas.

« Rosie. Je sais que rien ne peut se comparer à ce que tu as vécu. Toi, tu as frôlé la mort physique, tu as failli laisser ta peau à côté de tous ces *junkies* que tu as fréquentés, tu t'es fait violer par des clients dans des ruelles pour 5 pounds, tu t'es remise, tu es une battante, une championne, et je t'admire pour ça. Mais autant cet enfer dans lequel tu as basculé était d'une certaine façon un choix, autant le mien, je ne l'ai pas choisi. Et c'est ça qui fait le plus mal. »

Rosemary eut un mouvement de recul. Vanessa était allée trop loin et elle eut soudainement envie de la planter là, au milieu des saris et des enfants, et de l'abandonner avec ses jugements énormes. Mais elle prit une grande respiration, fit appel à toutes les ressources de compassion dont elle disposait, se souvint encore une fois que les paroles de Vanessa avaient pour origine un haut lieu de souffrance.

Elle décida de la laisser poursuivre son monologue, mais avant elle prononça, solennellement : « Vanessa, ma dépendance, ce n'était pas un choix »

Rosemary ne sut jamais si Vanessa l'avait entendue ou pas puisque celle-ci continua sans indiquer qu'elle avait compris.

« Rosie, j'ai tout fait dans ma vie pour que ce que j'ai essayé de construire fonctionne. J'ai bossé comme une folle à donner une identité à ce foutu personnage, cette Laura qui a fini par me bouffer, à faire de moi une femme forte, indépendante, une femme qu'on pourrait avoir comme modèle, une femme qui réussissait son mariage, malgré les embûches, malgré le temps, malgré le sale caractère froid et indifférent de son mari, malgré la difficulté d'être mère dans un couple qui bat de l'aile. J'ai continué. Je suis devenue prof de yoga parce que plus personne ne m'engageait pour des rôles, même pas mon propre mari. J'ai soutenu ce dernier dans son élan d'ambition de monter et de faire croître LA plus *cool* boîte de productions de notre province, j'ai fait tout ça et, d'un seul coup, du jour au lendemain, sans crier gare, on m'annonce que rien de tout ça n'a de valeur et que mon mariage n'était qu'un leurre auquel je m'accrochais, un contenant sans contenu, une merde, quoi, et que ça ne valait pas la peine de continuer.

— Ness, je sais. Mais c'est aussi ton interprétation de la chose. »

Vanessa s'arrêta net. Elle haussa le ton, créant un contraste gigantesque avec toute cette sérénité qu'elle s'activait à cultiver depuis son arrivée et avec la joie et la simplicité de vivre qui fourmillait tout autour.

« *Rosemary, you don't know what the fuck you're talking about. OK ?* Tu as à peine vingt ans, tu as failli jeter ta propre vie aux ordures parce que tu as toujours tout eu tout cuit dans le bec et que tu as dû faire des caprices d'enfant gâtée, et tout d'un coup tu crois que tu peux me faire la leçon ? Je l'aimais, mon mari, moi. J'aimais notre vie, moi. Pas tous les jours, mais quand même, c'était la mienne. Il est parti parce que son pénis a vu une pétasse plus jeune et plus bonasse que moi et qu'il n'a pas su résister. Tu sais quoi ? À la limite, je n'en veux même pas à Sam. Enfin si, mais je sais très bien que c'est cette connasse qui a tout fait pour me le piquer, pour l'attirer dans ses filets, pour me voler ma vie, parce qu'elle-même était insatisfaite de la sienne. Elle aurait pu choisir un million de mecs célibataires, eh non ! Elle a décidé qu'elle allait prendre le mien. Et ça, Rosie, ça fait aussi mal que de se sevrer d'une dépendance au crack que, TOI, tu as volontairement décidé de prendre un beau matin. Tu ne me fais pas la morale, OK ? Attends d'avoir tout donné à quelqu'un, d'avoir été patiente, d'avoir encouragé, d'avoir aimé, d'avoir attendu… Et de te voir rejetée, tassée comme une moins que rien, reléguée aux oubliettes… »

Vanessa hurlait presque. Remarquant que les regards se tournaient vers elle, elle baissa le ton et murmura, entre ses dents :

« Je les déteste, Rosie. Tous les deux. Sam et Lili. Ils ont tué ce que j'avais bâti. Et tu sais quoi ? En ce moment, je fais tout mon possible pour ne pas te détester aussi. Parce que tu n'as aucune idée de ce que ça me coûte, jour après jour, respiration après respiration, pour avoir juste un tout, tout, tout petit peu moins mal. Et ça faisait dix jours que je commençais à me dire que, oui, ça pourrait aller, qu'au pire je quitterais tout, je laisserais Emma à mes parents et que je viendrais m'installer ici, le seul endroit où je sens que ma valeur est appréciée depuis que Sam est parti. J'allais mieux. »

Vanessa s'était maintenant complètement arrêtée et elle fixait une Rosemary complètement étonnée du tournant qu'avait pris la conversation et de la violence qui émanait soudainement de la souffrance de son amie.

« J'allais mieux et, toi, avec ton sourire bête et tes tirades de rescapée de la drogue, avec tes *speeches* dignes des AA, tes douze étapes à la con et ton immaturité qui fait en sorte que tu n'as pas réellement connu ce qu'est la vraie vie, la vraie douleur, parce que tu es beaucoup trop jeune pour avoir même commencé à construire quelque chose et qu'ainsi personne n'a pu te l'enlever. J'allais mieux et, toi, avec tes questions à la psychologue ratée, tu m'as rappelé qu'en fait, non, je n'allais pas mieux du tout. Que je devrai bientôt retourner chez moi et me taper Internet et toutes les photos de Sam et Lili, nouveau couple *glamour* en vue, et ma fille Emma qui m'ignore, et ma grande maison de banlieue vide et plastifiée, et ma carrière ratée, et ma meilleure amie qui me pousse continuellement à bout, en plus de son immense et gras mari qui veut coucher avec moi. Tu voulais savoir ce qui me fait le plus mal? Pour te sentir mieux peut-être, toi, et ta rédemption d'ex-*junkie*? Eh bien, maintenant, tu le sais. TOUT. Tout me fait mal. Parce que personne n'a semblé reconnaître ma valeur. Et que, moi, je sais que j'en ai une. Et une grande à part ça. T'es contente, t'es heureuse? Eh bien, au moins j'aurai servi à ça. »

Vanessa prit une grande inspiration, regarda une dernière fois Rosemary dans les yeux et ajouta, en coup de grâce visant à achever son interlocutrice:

« Tu sais, toi, si t'étais à ma place, les *asanas* et les mantras n'auraient pas été suffisants pour te sauver. T'aurais replongé direct dans ta dope de merde. Moi, au moins, j'ai le courage de ne pas me rabaisser à essayer d'oublier ma peine dans les substances, ma chère. Mais tu n'as pas encore vécu les vrais drames, ceux que tu ne choisis pas, mais qui s'imposent. Tu ne sais même pas ce que ça me coûte de me lever chaque matin. La vie entière me fait mal, mais je me réveille et je continue quand même, jour après jour. »

Elle tourna les talons et s'en alla d'un pas rapide. Elle ne se retourna pas lorsque Rosemary, complètement abasourdie, l'appela. Vanessa bouillonnait. Elle ne voyait plus clair. La colère, la tristesse, la rage, tout ce qu'elle essayait de fuir depuis maintenant des semaines l'avaient poursuivie jusqu'au fin fond du Kerala, entre les montagnes et le lac, et elle se rendit enfin compte qu'elle avait beau essayer de fuir, elle se ferait continuellement rattraper jusqu'à ce qu'elle mette définitivement fin à cette course malsaine entre son passé, ceux qui l'avaient volée et elle-même.

Des deux semaines qui s'écoulèrent par la suite, Vanessa n'adressa plus la parole à Rosemary. Cette dernière avait tenté plusieurs rapprochements, sans aucun succès, puis avait cessé d'essayer.

Amitesh, le maître d'Ashtanga, avait perçu cette tension et, sans être intrusif, avait essayé de parler à Vanessa, mais cela ne changea rien. Elle s'était repliée dans une carapace de supériorité et de condescendance. Afin de se protéger, elle s'élevait pour ne plus être obligée d'être au même niveau que les autres et de s'ouvrir à eux. À défaut d'être capable de s'entendre sainement avec ses pairs de l'ashram, elle préférait désormais les regarder de haut. Après tout, n'étaient-ils pas tous des paumés, des rescapés de l'alcool et de la drogue qui cherchaient une raison de vivre ? Elle se sentait meilleure qu'eux, se répétant qu'au lieu de tomber dans l'abus de substances comme ceux-ci lorsque la vie lui avait asséné un coup dur, elle avait au moins eu l'intelligence, le courage et la volonté de ne pas se laisser abattre et de se mettre à boire, mais plutôt de se relever. Elle ne cherchait plus de réponses dans le yoga, mais plutôt une façon de montrer aux autres qu'elle savait s'occuper d'elle-même et devenir maître dans quelque chose.

La beauté d'un cœur brisé et vulnérable tient dans sa capacité à sa tendresse et à sa redécouverte de la vie puisque, assoiffé, il absorbe immédiatement chaque goutte de bonheur comme si c'était la dernière. Chaque moment de répit d'une tristesse qui l'étouffe lui redonne de l'espoir. Mais le cœur brisé de Vanessa, au lieu de se faire accueillant et ouvert, s'endurcissait, congelé, sans avoir pris le temps de laisser se cicatriser sa fêlure, cristallisant celle-ci à tout jamais.

CHAPITRE TREIZE

Lili déposa un bisou sur le front de son fils et lui donna une petite tape affectueuse sur les fesses, avant de lui dire qu'elle l'aimait et de lui souhaiter une bonne journée. Tom se retourna puis s'engouffra dans le rang d'enfants qui se préparaient à monter l'escalier du bâtiment. Dieu qu'elle l'aimait, ce petit. Elle n'avait pas été la plus présente des mères dans les dernières semaines, toute prise qu'elle était par ses nouvelles amours, mais Sam se faisait de plus en plus fantôme, et c'est en récupérant Tom chez son frère et sa belle-sœur qu'elle réalisa à quel point elle s'était ennuyée de son fils. Ses cheveux tout drus, en broussaille, ses fossettes, ses deux dents manquantes, son odeur de bébé même s'il n'en était plus un.

Lorsqu'elle était allée le chercher chez Laurent et Stéphanie, le petit lui avait adressé un coucou de la main, tout occupé qu'il était à construire un avion Meccano. À la grande déception de Lili, il n'avait pas couru se jeter dans ses bras et n'avait pas crié de «Maman!» joyeux. Il semblait presque gêné de la voir arriver et avait affiché une moue un peu déçue lorsqu'il avait dû quitter son oncle, sa tante et ses cousines. Chez Laurent et Stéphanie, tout était organisé au quart de tour. Leur famille correspondait exactement à l'idéal non atteint par Lili, selon elle-même, d'une maisonnée stable et structurée, de l'équilibre idéal entre encadrement et tendresse, avec deux fillettes parfaitement nattées et impeccablement habillées, un jardin au parterre de fleurs protégées avec soin en prévision de l'hiver, un gros berger allemand et une salle de jeu paradisiaque au sous-sol. Tom y était bien. Il faisait partie de la fratrie, et Laurent agissait à titre de père par défaut pour son neveu, sans nécessairement approuver tous les choix de sa sœur. Stéphanie, la douceur incarnée avec les enfants malgré un caractère de Germaine avec son mari, n'avait jamais prononcé un seul mot de jugement à propos de Lili mais trouvait que celle-ci ne fournissait pas à Tom ce qu'il lui fallait réellement pour s'épanouir. Lili, les bras éternellement chargés de drames et d'histoires abracadabrantes. Lili, au métier narcissique et aux horaires irréguliers, Lili aux deux mille hommes qui finissaient toujours par la laisser tomber, Lili au condo jamais rangé, Lili qui cuisinait comme un pied, Lili qui embrassait trop son fils et ne le punissait pas assez. Lili qui finissait toujours par convaincre son frère du bien-fondé de ses intentions et de ses décisions grâce à ce lien tout spécial qu'ils partageaient depuis leur plus jeune âge, unis qu'ils étaient par les difficultés de leur propre enfance.

Lorsqu'elle déposait Tom chez son frère, Lili se sentait toujours allégée. Parce qu'elle voyait ces moments comme un répit non pas de ses obligations parentales, mais plutôt de ses propres angoisses, de cette petite voix du doute maternel qui venait inévitablement appuyer chaque décision qu'elle prenait par rapport à son fils, minute après minute. Elle avait constamment peur que ses problèmes déteignent sur son fils, qu'il se retrouve plus tard dans l'incapacité de mener une vie stable. Et pourtant, Lili était une mère attentionnée, le couvrant de baisers, lui racontant les histoires les plus fantaisistes possible avant son dodo, toujours prête à le faire rigoler, à lui faire découvrir les choses sous différentes perspectives, à lui montrer que la vie pouvait être aussi colorée que ce que l'on choisissait.

Mais les couleurs avaient, chez Lili, tendance à se dissiper facilement.

Les fêtes approchaient. Le froid et le manque de lumière commençaient sérieusement à affecter son humeur. Elle n'était pas maussade, mais, dès que l'hiver arrivait, elle devait composer avec un fond de chagrin permanent. Une tristesse qui faisait écho à la grisaille et au froid humide qui s'installaient sans la neige dans les rues de Montréal. Novembre était son pire ennemi, décembre ne se comportait guère mieux envers elle.

Vanessa était revenue de son périple en Inde et Sam avait pour ainsi dire disparu. Il textait Lili tous les jours et l'appelait une journée sur trois, mais ils ne passaient plus beaucoup de temps ensemble. Parfois, il lui envoyait un message pour lui dire qu'il avait une ou deux heures libres devant lui et qu'il pourrait venir la voir. Lili acceptait d'emblée, excitée à l'idée de peut-être réussir à lui faire ressentir le même désir, la même émotion qu'à leur coup de foudre, alors qu'il la fixait en lui disant que jamais il ne l'abandonnerait, que jamais il ne cesserait de l'aimer, de l'adorer, qu'il l'épouserait dès que son divorce serait réglé. Puis il arrivait chez elle, l'embrassait d'un air distrait, jamais bien loin de son téléphone cellulaire, au cas où les affaires se feraient pressantes. Tout en continuant à plonger sa langue dans la bouche de Lili, il la dirigeait d'un élan vers sa chambre, la déshabillait rapidement, l'étendait sur son lit avant de la pénétrer comme si de rien n'était. Lili se laissait prendre, elle l'aimait tant, elle jouissait comme jamais lorsqu'il était en elle, plus d'une fois, de vrais orgasmes, complets. Elle aimait sentir le contact de son sexe à l'intérieur du sien et, en même temps, elle priait pour qu'il reste après, pour qu'il ne doive pas s'en aller, appelé par ses innombrables tâches, par sa famille, par son ex-femme, par son père, par sa fille. Mais il ne restait jamais bien longtemps. Tout était si important. Tout, sauf elle.

Il jouissait en elle, y demeurait quelques instants, lui caressait les cheveux, lui murmurait à l'oreille qu'il l'aimait, mais qu'il devait absolument partir, qu'elle n'avait pas à s'en faire, car bientôt ils pourraient être réellement ensemble, bientôt ils pourraient vivre sous le même toit, s'aimer librement, car sa séparation serait réglée, il aurait la garde de sa fille, c'était évident que n'importe quel juge statuerait que son ex-femme n'était pas saine d'esprit, et qu'en attendant il la remerciait, elle, Lili, de sa compréhension et surtout d'être là pour lui.

Lili se sentait mieux lorsqu'il lui disait ces mots. Elle le croyait lorsqu'il lui affirmait qu'il travaillait réellement pour leur bonheur à eux deux et que rien ni personne ne pourrait le faire dévier de sa trajectoire. Alors elle éprouvait de la gratitude, celle d'être aimée par un être qu'elle préférait imaginer prévoyant et généreux envers elle, plutôt que tel qu'il était vraiment. Puis il se rhabillait et filait après avoir déposé un dernier baiser sur son front, et elle restait là, toute nue, dans les draps de leurs ébats, seule avec ses textes à mémoriser, son agent à rappeler et sa solitude qui se rabattait sur sa tête comme un marteau sur un clou. Parfois, elle avait envie de lui dire, lorsqu'il était sur son départ, que tant qu'à y être il n'avait qu'à laisser l'argent sur la commode… Mais elle n'osait pas s'affirmer. Elle avait si peur de le perdre…

Chaque fois, il lui glissait entre les mains comme un savon que l'on s'entête à essayer d'attraper au fond de la douche. L'objet de convoitise et de désir qu'elle avait été pour lui pendant les premières semaines de leur passion se transformait-il en poids, en « quelque chose de plus à faire » pour Sam ? S'était-elle offerte à lui trop rapidement ? Puisqu'elle lui avait ouvert les bras si grand, si vite, avait-il peur d'étouffer ?

Si elle lui parlait d'une infime partie de ses questionnements et de ses doutes, il s'empressait de la rassurer par des phrases toutes faites, des « *I love you more than anything* », des « Tu es la plus belle », des textos bourrés de cœurs, d'émojis d'aubergines, de bagues de diamants. D'ailleurs, ces textos commençaient à la rendre dingue. Il ne répondait que rarement au téléphone, prétextant ses innombrables *meetings*, ses moments avec sa fille, ses interminables engueulades téléphoniques avec son ex-femme et ses discussions avec sa famille, mais, au lieu de la rappeler, il conversait avec elle par messages textes. Des conversations longues, dignes de celles que l'on pouvait avoir en se parlant, mais tout écrites. Elle en devenait folle à cause de sa tendance à en être complètement dépendante. À guetter sans répit son écran d'iPhone, à attendre que les petites bulles s'activent dans la case de réponse de son interlocuteur, à espérer qu'il ne tarderait pas trop à répondre. Elle s'accrochait à ces messages textes puisque c'était la seule chose qu'il lui donnait, même si elle se voyait vivre sa vie amoureuse par procuration au lieu d'y participer réellement.

Mais Lili patientait. Elle essayait tant bien que mal de se convaincre que ce désintéressement n'était que momentané et, surtout, qu'elle n'en était pas la cause. Elle tentait même de travailler avec la notion de compassion pour parer à sa propre inquiétude.

Pense à ce qu'il traverse. Il est en train de tout laisser pour toi. C'est normal qu'il ait besoin de temps, de s'organiser, d'être là pour sa fille et de calmer son ex-femme. Il doit souffrir, lui aussi, en ce moment, d'être loin de toi, peut-être, et de ne pouvoir te voir, il doit être déchiré par ce qu'il ressent, s'il se sent coupable envers sa fille, envers son ex. Quand tu as mal, travaille avec la compassion. Ça va t'aider.

Et puis, après tout, il prenait toujours bien soin de la remercier de sa présence dans sa vie et surtout de sa patience. Elle ne pouvait pas le laisser tomber. Mais en se disant cela, elle devait admettre que c'était elle-même qu'elle ne voulait pas laisser tomber. Elle craignait tant de se retrouver seule, même si elle l'était déjà.

Sam lui avait dit à quel point la situation était difficile depuis le retour de Vanessa. Apparemment, elle se déchaînait plus que jamais avec les insultes et les menaces, généralement par texto. Il gardait tout. Tous les textos et les *emails* de son ex-femme, afin de les montrer à son avocate et de s'en servir lorsque les négociations autour du divorce se corseraient. Lui qui pensait que le voyage en Inde l'aurait transformée, aidée, lui aurait donné du recul, de la perspective. Ce voyage qu'il avait littéralement financé. Un gâchis. Elle en était revenue plus enragée que jamais. Apparemment, la méditation ne lui avait guère procuré les effets recherchés, bien au contraire. Cette retraite semblait lui avoir fourni de plus amples munitions pour lui rappeler à tout bout de champ qu'il était un traître et un lâche.

Car, désormais, Vanessa agissait comme la détentrice de la vérité à propos du bien et du mal. Elle avait connu, elle, ce qu'était la vraie vie, l'Inde, le cœur de la spiritualité, le chaos de Mumbai, la splendeur du Kerala, les maîtres capables de garder la posture du poirier pendant plus de cent respirations, les femmes qui cuisinaient avec presque rien, les enfants qui étaient heureux sans se préoccuper de leur avenir, tous les clichés qu'elle avait pris mentalement... Elle ne se gênait pas pour le faire savoir à quiconque voulait bien l'entendre et aussi à quiconque ne le voulait pas. Sam la trouvait insupportable, mais il avait choisi de l'endurer, de la laisser hurler dans le combiné sans se défendre, en se disant qu'elle finirait par se calmer et que le silence lui servirait plus que n'importe quelle réplique.

Sam racontait tout ça à Lili, et elle l'admirait d'être capable de gérer de telles crises de façon aussi calme. Il maîtrisait, de loin, beaucoup mieux ses émotions qu'elle. Il ne les laissait pas se déchaîner sous le coup des éclats de ceux qui, justement, n'en étaient pas capables.

Et pendant cette période grise, froide et sèche, Lili se laissait aller de temps en temps à quelque chose qu'elle ne se permettait habituellement pas. Lorsqu'elle se trouvait dans une file d'attente, ou coincée dans le trafic, ou encore lorsqu'elle pliait son lavage, qu'elle s'ennuyait et que sa concentration se dissipait, elle attrapait son téléphone et se rendait sur la page Facebook de Vanessa. L'espionnait-elle? Elle ne voyait pas la chose de la sorte. Elle se justifiait intérieurement en se répétant qu'elle se mettait au courant des états d'âme de l'ex de son amoureux afin qu'elle puisse mieux adapter les siens.

Elle était fascinée par ce qu'elle y trouvait. La page Facebook se voulait une véritable encyclopédie du Nouvel Âge, avec son lot de citations pseudo-bouddhistes, d'images de licornes et d'arcs-en-ciel, et de proverbes remplis de sous-entendus à propos de la supériorité des sages. Combien fallait-il avoir mal pour ressentir le besoin de publier autant de messages montrant qu'on va si bien, ô combien mieux que le reste de la population? Que l'on a assimilé le secret du bonheur et qu'on l'applique nuit et jour?

Vanessa avait publié quelques images de son périple en Inde. Des photographies d'elle en position du lotus dans le pavillon en bois d'un ashram, d'elle en train de servir un plat de lentilles à ses confrères et consœurs de la retraite, d'elle au bord de sa fenêtre dans sa chambre d'ascète donnant vue sur le lac et les montagnes, d'elle assise à côté d'un maître de yoga âgé et sage, bref, d'elle dans toutes les circonstances possibles d'une retraite de yoga. Pour la plupart, des *selfies.*

Lili était frappée par l'ampleur du contraste entre les images que Vanessa faisait défiler sur les réseaux sociaux et l'attitude que Sam lui décrivait. Comment une femme qui pratiquait le yoga six fois par semaine, qui pouvait passer plusieurs heures par jour assise sur un coussin à méditer et qui s'adonnait à la propagation de bonnes paroles, des paroles de paix et de sérénité, d'amour et de bienveillance, sur l'importance des rêves et de croire en soi, était-elle capable de tant de mauvais mots, de tant d'insultes, de tant de chantage et de menaces à l'endroit d'un homme qu'elle ne semblait plus vraiment aimer depuis des années?

Lili observait ces *posts* avec fascination puis rangeait son téléphone rapidement, comme si elle l'avait volé à quelqu'un et qu'elle avait peur de se faire prendre la main dans le sac.

Moins Sam lui écrivait, moins il la contactait, et plus Lili se rendait sur les fils Twitter et Facebook de Vanessa, comme si ceux-ci réussiraient à lui procurer une explication à l'éloignement de son amant. De temps en temps, Vanessa publiait des phrases en apparence innocentes mais qui, vraisemblablement, étaient destinées à sa rivale, au cas où celle-ci s'aventurerait à l'espionner. Lili recevait ses phrases comme des pointes dans le cœur, même si elle se répétait sans arrêt qu'elles reflétaient en fait l'immense blessure d'une âme en peine. « Le karma se chargera de rétablir la justice. » « Les hypocrites méritent d'être pendus. » « L'homme qui vit dans le mensonge ne voit pas ce qu'il perd à tout jamais. » « Les femmes qui piquent les hommes des autres se les feront piquer à leur tour. » « C'est un commandement de Dieu de ne pas prendre ce qui ne nous appartient pas. » « Rien n'est plus fort que les liens du mariage et ceux-ci auront raison du reste. »

Un matin, Lili s'était risquée, au téléphone, à interroger Samir sur ce qu'il pensait de ces citations méchantes que son ex publiait et s'il se formalisait de la chose. À la grande surprise de Lili, cela le mit hors de lui et il lui cria les paroles suivantes : « Lili, c'est la chose la plus idiote que j'aie jamais entendue. Et ce qui est encore plus idiot, c'est que tu mords à l'hameçon et que tu passes une partie de tes journées à aller lire ses conneries. N'as-tu rien d'autre à faire ? N'as-tu pas un fils dont tu dois t'occuper ? Des scénarios à lire ? Apparemment non, puisque tu perds ton temps sur les réseaux sociaux. Ridicule. » Puis il lui avait raccroché au nez.

Lili avait essayé sans succès de le rappeler, espérant à chaque sonnerie qui précédait le message générique de la boîte vocale de Sam. Peine perdue. Il ne répondait ni à ses appels, ni à ses innombrables textos où elle lui demandait pardon, se confondant en excuses.

Cette réaction passive-agressive de bouderie de la part de Sam fit extrêmement mal à Lili. Elle n'y reconnaissait pas le Sam des premiers jours. Celui qui lui jurait de toujours être tendre avec elle, de la chérir jusqu'à sa mort. Lili alluma une cigarette sur son balcon, les yeux dans le vide, puis se mit à pleurer. De grosses larmes roulaient le long de ses joues. Dans quoi s'était-elle encore embarquée ? Ne méritait-elle pas, elle aussi, d'être aimée ? Une fois sa cigarette terminée, elle s'allongea dans son lit, les nerfs à fleur de peau. Elle essaya tant bien que mal de rappeler Sam, de le texter, puis, devant son silence, elle se recroquevilla sur elle-même et se remit à pleurer. Elle ne ressentait aucune colère. Que de la tristesse. Elle était incapable de se fâcher et elle s'en voulait de se laisser traiter de la sorte. De ne pas être assez sûre d'elle pour envoyer promener Sam. À la place, elle semblait en demander encore et encore. Elle attendit dans son lit qu'il fût 16 heures pour aller chercher Tom à l'école, le visage bouffi et le sourire plus faux que jamais.

Elle passa tant bien que mal la soirée à être présente pour son petit, tout en jetant sans arrêt des coups d'œil à son téléphone, puis finit par s'endormir à côté de Tom dans son lit. À 2 heures du matin, elle se réveilla en sursaut et s'empara de son téléphone. Sam lui avait envoyé un message : « Allô. J'ai fini de travailler. Bonne nuit. » Elle ne sut que répondre à cela, alors elle ne répondit rien, alla fumer une cigarette sur son balcon, les doigts gelés, et se recoucha dans son lit.

Le lendemain, lorsque Sam l'appela, Lili fit comme si de rien n'était. Elle encaissa le blâme intérieurement, en se disant que Sam était si stressé avec son boulot et son divorce que ça devait être bien de sa faute à elle, qu'elle l'avait énervé avec ses histoires de Facebook à la con. Du vrai commérage de femmelettes qui n'avaient rien d'autre à faire que de jouer au ping-pong vengeur sur les réseaux sociaux. Comment avait-elle pu être si futile ? Comment pouvait-elle perdre son temps de la sorte ? Elle devrait plutôt l'utiliser à travailler. Son agent la trouvait dissipée et le lui avait fait savoir. Il fallait qu'elle se ressaisisse. Sam se concentrait sur leur avenir, lui, enfin, c'est ce qu'elle préférait croire, alors c'était là l'occasion rêvée pour qu'elle remette un peu de piquant dans sa carrière.

Elle demanda pardon à Sam. Il lui répondit que ça allait et qu'il aurait sûrement une heure à lui un peu plus tard dans la journée pour passer la voir. Lili savait ce que cela signifiait et, après avoir déposé Tom à l'école, elle s'épila les jambes et le bikini, enfila une nuisette de dentelle et attendit Sam dans son lit, tout en lisant un scénario, quand même, pour se dire qu'elle aussi était bien au-dessus de ses affaires. Et que Sam admirerait sûrement qu'elle soit en train de bosser, même en se préparant à le recevoir. Il vint, lui fit l'amour, traîna une quinzaine de minutes au lit avec elle, prit sa douche, seul, puis il repartit. Comme d'habitude. Et Lili, mine de rien, s'habituait à cette routine et continuait de se convaincre que c'était ainsi mieux pour tous.

Chapitre quatorze

Une petite neige essayait sans grand succès de s'installer au sol, mais les flocons fondaient dès qu'ils se posaient à terre. Décembre ne dérangeait pas du tout Sam. Il préférait l'hiver à l'été, il y était plus facile de travailler lorsque la nuit tombait à 16 heures et que les rues étaient désertes. Il s'enfermait alors dans son bureau et le temps filait sans qu'il s'en aperçoive. Cet après-midi-là, il avait quitté le travail plus tôt que prévu pour aller au rendez-vous que son père lui avait donné dans le restaurant libanais de son oncle. C'était là que les affaires se brassaient chez les Abboud. Il y avait à l'arrière de la salle à manger principale une petite pièce très privée dans laquelle Mounir attendait son fils, l'air sérieux. Il n'avait pas voulu le voir à son bureau, car plus que tout il aimait la discrétion et souhaitait éviter que ses employés puissent se poser des questions sur la raison de la présence de son fils dans son bureau, derrière une porte close.

Samir était nerveux. Il admirait son père, un homme strict, un homme qui était l'émir de sa demeure et de son entreprise, auprès duquel les membres de son entourage venaient chercher conseil, emprunter de l'argent ou autre chose, et s'enquérir de solutions à leurs problèmes. Mounir aimait ses fils plus que tout mais les avait éduqués en leur imposant un cadre rigide, dans le respect de la tradition chrétienne et l'importance du nœud familial, et en les formant pour qu'ils puissent prendre la relève de l'entreprise si un jour il partait à la retraite, ce qu'il n'avait guère l'intention de faire pour le moment, mais bon, il les préparait au cas où.

Les assurances Abboud avaient une réputation solide et rivalisaient sans difficulté avec les meilleurs courtiers. Le fils aîné, Ramy, gérait les opérations de l'entreprise et le plus jeune, Patrick, terminait sa maîtrise en administration des affaires afin de s'occuper des investissements futurs. Samir était le seul qui, à vingt ans, avait osé défier son père en lui signifiant que les assurances ne l'intéressaient pas et que ses passions, le cinéma et la photographie, l'emporteraient. Mounir en avait été choqué, outré, et lui avait répondu que c'était sa décision, mais qu'en un tel cas il ne l'aiderait pas financièrement. Sam voulait faire à sa tête ? Bien, d'accord, qu'il aille où il se sentait appelé, mais qu'il ne compte pas sur lui pour l'alimenter lorsqu'il réaliserait à quel point c'était un milieu instable et cruel qui ne lui procurerait jamais la sécurité et l'avancement que le cabinet lui proposait.

Sam, sans en être réellement conscient, en était tombé malade. Il s'était enfoncé dans une sérieuse dépression, ne se rasait plus, fumait, buvait et squattait les sofas de ses amis. Il idolâtrait son père plus que tout au monde, et la pensée d'avoir pu le décevoir le mettait complètement à l'envers. Mais c'est à cette époque qu'il avait écrit son premier scénario, qu'il avait déniché son premier boulot d'assistant sur un plateau, qu'il avait pris ses plus belles photos, poussé par le besoin de prouver à son père qu'il méritait toujours son affection, qu'il pourrait, lui aussi, réussir, même si ce n'était pas dans le milieu des affaires. Sam ne mangeait plus, ne sortait plus, ne faisait que bosser. Il souffrait de ce que beaucoup d'enfants issus d'une forte culture d'origine qui grandissent dans une culture différente vivaient, un *clash* entre les valeurs qui coulaient dans leurs veines et celles qui les entouraient dans les milieux qu'ils fréquentaient. Mais son entêtement et un travail sans relâche avaient porté leurs fruits. Cinq ans plus tard, son premier film recevait un prix à Toronto et avait été à l'affiche dans un grand nombre de salles. On l'engageait désormais pour des pubs de parfum à l'étranger, des clips de vedettes qui, sans être des superstars, étaient tout de même bien cotées, on lui proposait de réaliser des épisodes de télésérie. On lui promettait Hollywood, Cannes…

Mounir avait fini par s'incliner et par dire à son fils qu'il avait bien fait d'écouter son instinct. On aimait la réussite dans cette famille. Et l'argent qui l'accompagnait. Mais Mounir était un homme généreux qui n'hésitait pas à commanditer des événements pour des fondations de bienfaisance, à aider ceux qui le lui demandaient, c'était un bon chrétien, une personne de cœur sous ses allures de dur, et il savait reconnaître lorsqu'il avait eu tort. Il avait donc investi dans la boîte de Samir, se félicitant à la rigolade d'avoir enfin su développer sa fibre artistique. Sam en avait pleuré de joie. Son père s'était enfin intéressé à son travail, avait enfin apprécié son talent et applaudi son succès. Cet appui voulait tout dire pour lui.

Sam avait aujourd'hui plus que jamais encore besoin de cet appui. Il se rendit donc à sa rencontre pour lui parler de sa nouvelle situation et lui demander son soutien. Il allait avoir besoin d'aide pour affronter la gourmandise de Vanessa, qui avait commencé récemment à appeler Mounir à toute heure du jour et de la nuit pour lui dire à quel point son fils lui avait gâché la vie, à quel point c'était un sans-cœur. Mounir n'en pouvait plus mais songeait aussi qu'il n'y avait pas de fumée sans feu et que son fils devait tout de même être pour quelque chose dans le désespoir de cette femme.

Samir s'assit en face de lui et, après avoir pris des nouvelles de la *business*, lui dit enfin :

« Papa, je n'en peux plus. Je ne sais plus où donner de la tête. Je suis crevé.

— Sam, mon fils, tu as joué avec le feu. Je comprends que tu sois parti de la maison, même si personnellement c'est quelque chose que je n'aurais jamais fait, qui va à l'encontre même de tout ce en quoi j'ai toujours cru. Je peux accepter le fait que tu n'étais plus heureux et ta décision de quitter ta femme.

— Merci, papa.

— Attends, Sam. Laisse-moi finir. »

Mounir prit une gorgée de son café très noir, reposa sa tasse et poursuivit :

« Par contre, je ne suis pas d'accord avec ta nouvelle histoire d'amour. »

Sam ravala sa salive et approcha sa chaise de sa table. Son père continua.

« C'est une fille aux mœurs légères, Sam. Si c'est vraiment elle que tu aimes, on finira par l'accepter, mais ce n'est pas ce que l'on attend de toi. »

Sam avait envie de le contredire, mais il n'en fit rien. Sa mère, Nour, avait déjà pris un café avec Lili et l'aimait bien. Mais d'expérience, sa mère avait appris à ne jamais exprimer ses opinions si elles différaient de celles de son mari.

« Papa, je t'assure qu'elle a changé, elle n'est plus celle qui faisait les manchettes des magazines à potins. Jamais plus elle ne tournerait nue, elle me l'a juré.

— Sam, peu importe. Je crois que ce n'est pas le moment que tu t'investisses dans une relation, que ce soit avec elle ou avec une autre. Règle tes affaires. Concentre-toi sur ton divorce, sur ta fille. Vanessa n'est pas une mère présente, elle est trop tourmentée. Ressaisis-toi, Sam. Et puis, entre toi et moi, si tu veux t'amuser un peu, sors de temps en temps, rencontre des filles, joue un peu avec elles, tu vois ce que je veux dire, mais ne t'embarque dans rien. Rends-toi service, rends-nous service à tous, éloigne-toi de cette Lili. *She smells like trouble.* »

Mounir roulait ses *r* comme dans les sermons qu'il servait à Sam lorsqu'il était enfant.

Sam sortit du restaurant, le cœur un peu confus mais la tête confiante. Il allait écouter son père. Mounir avait raison. Ce n'était vraiment pas le moment pour lui de plonger dans une relation à long terme et, d'ailleurs, il avait déjà commencé à s'en dégager. Son père n'avait fait que confirmer ce qu'au fond de lui-même il savait déjà. De toute façon, sa Lili, c'est vrai qu'elle l'énervait un peu. Elle ne ressemblait plus à la femme si désirable des premières semaines, elle était devenue un peu pleurnicheuse, cherchait sans cesse à l'accaparer, lui posait de plus en plus de questions, voulait toujours qu'il reste dormir à côté d'elle, qu'il la traîne dans ses soirées… En fait, elle avait un petit quelque chose de son ex-femme, elle le gavait.

Comment mettre définitivement fin à cette histoire qui lui faisait perdre son énergie ? La meilleure des choses à faire serait de tout simplement continuer à s'en éloigner. Cela réduirait certainement la douleur de Lili, il se sentirait moins coupable et, en même temps, il pourrait profiter encore un peu de son joli cul. Et avec un peu de chance, elle finirait par se lasser de ses absences répétées et par partir d'elle-même, ce qui constituerait la solution idéale. Après tout, ce n'était pas de sa faute à lui si elle ne comprenait pas le message ! Chacun était responsable de sa propre vie, non ? Il se rappela une de ces phrases qu'il avait déjà utilisées comme réplique dans l'un de ses propres courts-métrages, une citation de Napoléon : « En amour, la seule victoire est la fuite. »

Sam se sentit soulagé par sa décision et retourna au boulot. En entrant au bureau, il jeta un coup d'œil à la jeune réceptionniste qu'il venait d'engager, Nicoletta. Pour la première fois, il la remarqua véritablement. Vingt-cinq ans, une sensualité un peu forcée par un décolleté démesuré dont deux de ses assistants lui avaient déjà parlé, de longs ongles bien peints, des bottillons à talons aiguilles, des cils prolongés artificiellement, maquillée comme si elle allait à une soirée de la F1, mais franchement baisable. Il n'y toucherait pas, bien sûr, mais rien ne pouvait l'empêcher de l'observer et d'en tirer quelques érections qu'il irait soulager gentiment à la salle de bain, entre ses dossiers.

La sonnerie de son téléphone le sortit de ses pensées. C'était Lili. Il ne répondit pas. Nicoletta s'adressa à lui.

« Monsieur Abboud.

— Appelle-moi Sam, s'il te plaît.

— D'accord. Sam, votre femme a…

— … ex-femme.

— D'accord. Votre ex-femme a téléphoné huit fois dans la dernière heure. Elle paraissait, euh, comment dire…

— Hystérique ?

— Oui. Je n'osais pas le dire moi-même, mais c'est le bon terme. Elle a tout fait pour essayer de savoir où vous étiez, elle m'a dit aussi qu'en tant que nouvelle, je devrais me méfier d'une certaine Lili qui lui veut du mal, à elle et à votre fille…

— Mais quelle conne ! Ne l'écoute pas. Elle dit n'importe quoi.

Sam ne put s'empêcher de plonger son regard dans le décolleté de Nicoletta. Elle le remarqua et sourit. Le téléphone de Sam se remit à sonner. C'était Lili, encore. Il l'ignora.

« Vous avez mangé, Nicoletta ?

— Non, pas encore.

— Je vous emmène dîner. Histoire d'apprendre à vous connaître et de vous présenter les dossiers les plus pressants. »

Ils finirent dans une chambre d'hôtel où il la baisa avec une force et une fougue frôlant la brutalité. Pas comme il faisait l'amour à Lili, mais en mâle affamé. Pas une seule fois il n'embrassa Nicoletta. Elle semblait s'en foutre. Il se dit que c'était exactement le plan cul dont il avait besoin. Une petite bouboule bien roulée, pleine de courbes à offrir, superficielle à souhait, qui venait de lui tailler une sacrée bonne pipe et qui n'exigeait rien en échange.

Il se rhabilla. Elle se lécha les doigts. Elle lui demanda en rigolant si ça faisait partie de ses nouvelles fonctions. Il répondit : « Si tu veux, Nicoletta, moi, ça me va ! »

Il regarda son iPhone. Lili avait essayé d'appeler dix-sept fois. Vanessa, quatorze.

De beaux draps.

Au moins, avec Nicoletta, il pourrait s'envoyer en l'air sans en payer le prix. Et c'était parfait en ce moment. Qu'elles lui foutent toutes la paix avec leurs histoires. Il était grand temps qu'il se priorise.

Il retourna au bureau en demandant à Nicoletta d'attendre dix petites minutes avant d'entrer à son tour, histoire de ne pas éveiller de soupçons auprès de ses employés.

Puis il s'enferma dans son bureau et rappela Lili. La voix qu'elle prit en répondant oscillait entre celle d'une personne martyrisée et celle d'un enfant.

« Sam. Je t'ai appelé au moins vingt fois.

— Oui, chérie. Je sais. J'étais en réunion.

— Et tu ne peux pas m'envoyer au moins un petit texto ?

— J'ai répondu, là ! C'est quoi, ton problème ? Tu n'es jamais contente. Il y a des mecs qui n'appellent leurs copines qu'une fois par semaine et basta. »

Il lui raccrocha au nez.

Au bout du fil, Lili retint ses larmes. Elle s'empêcha de les laisser couler, puis composa le numéro de Sam. Une, deux, puis dix fois. Aucune réponse.

Elle lui envoya un texto :

« *Love, I am so sorry I got upset, I didn't mean to. I must be in my time of the month. Please, answer, please, please. I miss you so much, that's why I got upset. You're right, you're so busy, and doing everything for us to be together, how could I even complain about it, I know you're doing it all for us*[2]. »

Sam soupira.

Mais quelle peste !

Il lui renvoya un message : « C'est beau. T'en fais pas. Là, je dois bosser. Je passerai plus tard si je finis assez tôt. »

Elle l'attendit jusqu'à minuit et s'endormit.

À 2 heures du matin, elle entendit la sonnerie des messages et lut le texto que Sam lui avait envoyé :

« Je viens à peine de finir de travailler. Tu vois à quel point je suis débordé ? Je serais venu, mais j'imagine qu'il est trop tard maintenant. Désolé. À +. »

À cet instant précis, Lili voulut mourir.

---

2. Mon amour, je suis désolée de m'être emportée, je n'en avais pas l'intention. Je dois être en plein cœur de mon cycle menstruel. Je t'en prie, réponds, je t'en supplie. Je m'ennuie tant de toi, c'est pour cela que je me suis emportée. Tu as raison. Tu es si occupé, et tu fais tout pour que l'on soit ensemble, qu'est-ce qui m'a pris de me plaindre de ça ? Je sais que tu fais tout pour nous.

CHAPITRE QUINZE

Les jours continuaient de passer et le temps se refroidissait. Lili voyait venir Noël à grands pas et elle en avait peur. Noël était une période difficile pour elle puisque son rêve ultime, celui de vivre dans une famille unie, avec un homme qu'elle aimait profondément, ne se réalisait jamais, année après année, et que tout, des publicités à la télé aux lumières de Noël en passant par les foutues cartes de *Season's Greetings* de toutes ces familles pseudo-parfaites, s'acharnait à le lui rappeler. À l'époque où elle vivait encore avec Yannick, le père de Tom, ils avaient connu un peu de ce bonheur, avant que la vérité de leur non-compatibilité fasse surface et qu'ils s'engagent sur la pente descendante.

Ce Noël-ci, elle avait espéré le fêter avec Sam. Sam, Tom et Emma. Reconstituer une famille pour parer à celles qui n'avaient pas tenu le coup. Jour après jour, ses espoirs s'amenuisaient. Sam lui avait dit à plusieurs reprises qu'ils ne pourraient partir en vacances ensemble tant et aussi longtemps qu'il n'aurait pas réglé son divorce, et à la vitesse à laquelle les choses avançaient, rien ne semblait près d'être achevé. Un jour qu'il était chez elle et qu'il venait de se retirer de son corps, il lui annonça qu'ils devraient se voir un peu moins pendant les fêtes.

« Lili, je sais que tu vas trouver ça difficile, je sais que tu t'attendais à ce que l'on puisse passer un peu plus de temps ensemble pendant que le bureau sera fermé, mais je crois qu'il serait préférable que tu planifies tes vacances sans moi.

— Mais, Sam ! Je pensais que tu avais l'intention de me présenter Emma, on s'était dit qu'il s'agirait du temps idéal pour que les enfants se rencontrent et qu'on pourrait organiser un petit Noël ensemble, même si tu n'es pas prêt à me présenter à tes parents. »

Ah, merde. Il se rappela qu'il lui avait sorti cela pour la calmer un jour où elle lui faisait une crise.

Sam raffermit le ton.

« Lili. Ce ne sera pas possible. Vanessa me fait plein d'histoires en ce moment. Ce n'est pas juste avec l'argent et les papiers ou la maison. C'est avec la petite. Elle lui bourre le crâne de plein de trucs.

— À propos de quoi ? À mon sujet ?

— Entre autres. Mais ce n'est pas ça uniquement. La petite souffre beaucoup de notre séparation. Elle a besoin de stabilité. Tu vois… Toutes les insultes que Vanessa me lance au téléphone ou quand je la vois, elle ne se gêne pas pour les prononcer devant la petite. »

Lili eut un mouvement de recul. Pendant une fraction de seconde, elle se sentit coupable et responsable du mal qu'était en train de vivre cette enfant. Peu importe ce que les parents faisaient, les enfants n'avaient pas à subir l'aliénation de ceux qu'ils aimaient le plus au monde. Jamais. Cela lui rappelait ce qu'elle-même vivait lorsqu'elle était petite et que son propre beau-père traitait sa mère de salope devant elle. Elle aimait ses deux parents, comme ils étaient, avec leurs torts et leurs travers, et elle était sans cesse témoin de la haine qui se tissait entre eux au fil des années. Cette contradiction avec laquelle elle avait dû apprendre à composer vivait toujours en elle et avait certainement mis des bâtons dans les roues de son propre bonheur. Elle ne souhaitait pas voir la petite Emma souffrir de la même façon, et elle ne voulait surtout pas en être responsable. Mais elle était également au courant des difficultés qu'aurait à surmonter Emma si ses deux parents vivaient ensemble sans amour et sans affection.

« Samir, c'est horrible, ce que tu me dis. Il faudrait qu'Emma puisse rencontrer un psychologue pour enfants, pour l'aider à défaire ce qu'est en train de lui mettre sa mère dans la tête. Et je crois aussi qu'avec le temps les choses pourront aller mieux. Vanessa finira par rencontrer quelqu'un, par se rendre compte que vous n'étiez vraiment pas faits l'un pour l'autre. Il est normal quand des parents se séparent qu'il puisse y avoir une période d'adaptation un peu difficile pour les enfants… Mais tu sais, on peut lui offrir une famille unie ensemble. Que préfères-tu ? Qu'elle grandisse avec des parents qui vivent dans la même maison, mais qui ne s'aiment plus ? Ou bien qu'elle ait l'exemple d'un couple qui s'aime, qu'elle voie que l'amour se peut, que la famille peut exister avec de l'affection sincère ? »

Sam haussa le ton.

« Lili, ne discute pas. Je connais ma fille. Je connais mon ex. Cela n'est pas de tes affaires. *End of the story.* »

Il se leva, se rhabilla rapidement et s'en alla en omettant de l'embrasser sur le front. Comme d'habitude, elle resta là, seule dans le lit. Les larmes lui montèrent aux yeux. Moins il lui en donnait, plus elle en voulait et plus elle se détestait. Elle essaya de l'appeler, en vain. Elle alla chercher Tom à l'école puis texta Charlotte et Olivia. Elle avait besoin d'aide, de parler à quelqu'un. Elle étouffait. Elle s'en voulait. Tout en elle lui disait de prendre ses jambes à son cou et de s'enfuir à toute vitesse de Sam, de sa femme, de sa fille, de sa merde, mais rien, absolument rien, ni son corps, ni son cœur, ne semblait prêt à coopérer. Elle était coincée. Encore une fois.

Quelques jours auparavant, au *party* de Noël de l'agence de comédiens de Louis, ce dernier l'avait prise à part et l'avait mise en garde : « Lili, prends soin de toi. Depuis quelque temps, je ne te reconnais plus. Et je ne suis pas le seul. Je ne sais pas ce que ce Sam Abboud te fait vivre, mais tu t'effaces de plus en plus, ma belle. On s'ennuie de toi. De la Lili pétillante et pleine de vie, de la Lili qui rit à grands éclats. Reviens-nous. Je ne crois pas que ce type soit le bon pour toi. T'es où, Lili ? »

Les mots de Louis résonnaient toujours dans l'esprit de Lili. Il avait raison. Mais elle ne pouvait pas laisser Sam. Elle n'y arrivait tout simplement pas.

Lili passa donc Noël avec Tom chez François, son beau-père. Avec Laurent, Stéphanie et leurs filles. Elle fit de son mieux pour cacher sa tristesse.

Ce fut un souper joyeux, grâce aux enfants, grâce à Laurent, grâce à la neige qui s'était enfin décidée à tomber, grâce au sapin que François avait préparé. Lili avait fourré son téléphone dans son sac mais n'avait pu s'empêcher de le repêcher de temps en temps pour vérifier si Samir lui avait écrit.

Il lui avait dit que son ex-femme viendrait chez ses parents pour Noël, à la demande d'Emma, qui voulait absolument passer le réveillon avec maman et papa. Lili n'y avait pas vu d'inconvénient, même si ça l'avait blessée de ne pouvoir, elle aussi, faire partie de sa vie de famille. Elle se sentait mise de côté. Toujours pour « bien faire les choses pour que le divorce se passe bien et pour que nous puissions avoir une belle vie de couple ». Sam lui avait texté quelques vœux de Noël bien banals, doublés d'un « Je t'aime ». Lili fuma une cigarette sur le balcon avec François. Celui-ci avait cessé de boire deux ans auparavant. Il ne manquait aucune réunion des AA. Sa vie semblait prendre un tournant positif. Il avait changé de travail et aimait la firme à laquelle il offrait désormais ses services de comptable. Lili fut heureuse, ce soir-là, de discuter avec lui. Puis, après lui avoir parlé des changements qu'il avait effectués dans sa vie, il lui demanda comment elle allait, elle. Elle alluma une autre cigarette puis s'effondra en sanglots. Dans ses bras. Comme lorsqu'elle était une petite fille et qu'il venait s'excuser d'avoir été agressif sous l'effet de l'alcool. Qu'il la serrait dans ses bras pour la protéger de lui-même, de cet autre côté de lui-même qu'il n'aimait pas non plus. Il ne lui demanda pas de lui raconter ce qui la tracassait tant. Il la tint simplement contre son épaule et lui dit qu'il l'aimait. Puis il lui demanda pardon. « Pardon de n'avoir pas été le père que j'aurais aimé être pour toi. Pardon de n'avoir pas su aimer ta mère comme j'aurais dû le faire. Pardon d'avoir bu toute ma vie. Pardon de t'avoir laissée tomber. J'ai changé, Lili. J'aimerais qu'on se voie plus souvent. J'aimerais me rattraper. Être là pour Tom aussi. » Il pleura. De vrais pleurs d'homme. Les larmes d'un homme qui n'a pas pleuré depuis son enfance et qui regrette le comportement qu'il a traîné pendant plus de la moitié de sa vie. Lili regarda celui qui avait toujours été si dur et vit en lui l'être brisé qui avait accumulé tant de chagrin au fil des années, un chagrin qu'il avait déguisé en agressivité ou qu'il avait noyé dans l'alcool, pour ne jamais avoir à l'affronter. Parce que le chagrin, pour beaucoup, c'est extrêmement embarrassant à gérer. On ose beaucoup plus facilement montrer sa colère. La colère fait trembler, fait réagir, fait bouger les choses par le règne de la peur. Le chagrin rend perplexe, paralyse, met sur pause le train de la vie. Alourdit nos mouvements, nous empêche d'agir. Alors c'est plus simple de le diluer dans les vapeurs de vodka que de le laisser remonter à la surface.

Les cris et les rires des enfants résonnaient au loin. Laurent et Stéphanie s'embrassaient dans la cuisine. Lili serra son père adoptif dans ses bras et lui dit qu'elle l'aimait.

Somme toute, ce fut un beau Noël.

CHAPITRE SEIZE

Après son retour d'Inde, Vanessa avait recommencé à enseigner le yoga, le plus souvent possible, acceptant toutes les offres de remplacement qui lui étaient proposées, s'assurant ainsi d'occuper la majeure partie de son temps pour ne pas sombrer de nouveau dans un état léthargique de chagrin. Mais la banlieue de Montréal, c'était loin d'être le Kerala. Comme il était facile d'être en paix et de baigner dans le calme émotionnel lorsqu'on se trouvait dans un ashram. Lorsqu'il n'y avait ni trafic, ni Internet, ni téléphone, ni enfant, ni ex. Mais chez elle, elle luttait constamment contre elle-même, contre la dualité qui l'habitait. Par moments, elle croyait vraiment toutes ces phrases propageant des messages d'amour de soi, de sérénité, de paix et de résilience qu'elle énonçait à ses élèves pendant ses cours de yoga. Ces mots qu'elle prononçait, ces mots si forts, tirés de tous ces livres qu'elle dévorait sur la méditation, sur le bien-être, ces mots qui avaient un pouvoir si apaisant sur son esprit. Elle incarnait, le temps de ses cours, ces paroles d'amour et de bienveillance. Les publiaient sur sa page Facebook. Ses étudiants venaient la voir après le cours pour lui poser des questions, parfois même pour s'ouvrir à elle, comme ils le feraient à une psychologue, lui racontant leurs problèmes et leurs tracas. Et Vanessa posait sa main sur la leur et les écoutait attentivement, comme si rien d'autre au monde n'importait. Elle les écoutait pleurer, se plaindre, exprimer leurs frustrations, leurs peurs et leurs peines. Et le temps du malheur des autres, elle oubliait le sien. Elle se sentait utile, appréciée, et cela l'aidait à gonfler, toujours gonfler son amour-propre.

Depuis qu'elle avait séjourné en Inde, elle avait acquis auprès des autres professeurs du studio de yoga un certain statut. Le statut de celle qui avait vécu de près la vie de la mère patrie du yoga. Et ça lui plaisait. Autant elle était généreuse et ouverte envers ses étudiants, autant elle pouvait être froide avec les autres enseignants. Une froideur qui s'apparentait plus à ce sentiment de supériorité qu'elle cultivait afin d'éviter sa propre chute. Elle ne se sentait guère en compétition avec les autres professeurs de yoga, car elle avait ce petit quelque chose de plus que ces derniers. Beaucoup des élèves qui fréquentaient le centre la reconnaissaient en raison de son ancienne carrière de comédienne et étaient pour ainsi dire *starstruck* lorsqu'ils la rencontraient pour la première fois. Les autres professeurs du studio n'aimaient pas particulièrement cette situation, mais ils composaient avec puisque, jusqu'à un certain point, cela avait contribué à faire mousser leur clientèle.

Vanessa se sentait à sa place lorsqu'elle enseignait, lorsqu'elle tenait à sa façon un rôle quasi «gourouesque». Puis, lorsqu'elle remettait les pieds sur terre, elle devenait cette personne qu'elle ne voulait pas être, mais qui semblait décidée à l'envahir de plus en plus, à s'infiltrer en elle comme un cancer faisant bien son travail. Une personne remplie d'aigreur, d'un poison venimeux destiné non seulement à son ex-mari mais à l'humanité entière. La réaction qu'elle avait eue envers Rosemary en Inde était désormais une attitude généralisée envers tous ceux qui avaient le malheur de ne pas l'appuyer dans les descriptifs dont elle affublait Sam et Lili. Et envers tous ceux qui essayaient de lui offrir une perspective nouvelle lorsqu'elle leur racontait à quel point son ex l'avait trahie, à quel point elle était une victime du bonheur des autres, à quel point elle était incomprise, à quel point le karma se chargerait de la venger et qu'il fallait boycotter cette Lili, Lili la putain, qui s'immisçait dans la vie des autres pour mieux la détruire.

Une première victoire du karma, selon elle, fut lorsque Sam accepta de passer Noël avec elle et leur fille. Vanessa avait parlé de cette possibilité sans cesse à Emma, lui marte-lant l'esprit avec des : « Tu sais, on va passer Noël en famille, avec papa. Tu vas voir, ce sera comme avant » et un tas d'autres phrases que la fillette s'empressait de répéter à son père, qu'elle vénérait. Samir n'avait eu d'autre choix que d'accepter pour ne pas décevoir sa petite et pour faire preuve de bonne foi, selon ce que lui avait conseillé son avocate.

Un à zéro pour Vanessa, s'était-elle félicitée.

Les vacances du temps des fêtes s'étaient déroulées comme Vanessa l'avait souhaité. Elle avait été invitée chez les parents de Samir, et celui-ci s'était montré fort cordial avec elle. À la fin de la soirée, la petite refusa de rentrer avec sa mère et, après avoir déposé un bisou sur la joue de sa fille, Vanessa fit la bise à Samir, en s'attardant à la commissure gauche de sa bouche. Samir se laissa faire. Elle avait senti le courant. Elle en était certaine.

Et deux à zéro pour Vanessa.

Jusqu'au jour de l'An, elle profita de l'absence d'Emma pour se rendre à une retraite de yoga près de Val-David. Elle y revécut la plénitude qu'elle avait connue en Inde. Elle en vint même à y nourrir l'idée qu'avec le demi-baiser posé sur le visage de Samir elle avait réussi à lui insuffler une portion de doute. Qu'il se questionnerait sur son choix de la quitter et qu'il était probablement en train de s'ennuyer d'elle. Chaque soir, elle espionnait la page Facebook de Lili et elle n'y voyait plus les photos de couple heureux que sa rivale publiait sans réserve au début de son aventure avec Sam. Vanessa en déduisit que quelque chose se tramait et que, dès que l'occasion se présenterait, elle ferait ce qu'il faudrait pour récupérer sa place auprès de son mari. Elle se promit également de cesser de proférer des insultes à son égard, d'être toujours gentille avec lui et de tout faire pour qu'il la redécouvre à nouveau, sous l'angle de la femme qu'elle se sentait devenir, une femme heureuse et bien avec elle-même, capable de transcender les épreuves de la vie et de réparer le passé.

Or, à peine avait-elle remis les pieds à Montréal, après avoir vécu cette semaine de sérénité yogique, qu'elle reprit malgré elle ses anciennes habitudes. Elle appelait Samir pour avoir des nouvelles de la petite et, lorsqu'il ne lui parlait pas comme elle l'aurait souhaité (elle s'était imaginé qu'il l'inviterait à dîner pour discuter et qu'elle aurait eu l'occasion de se faire belle et de le reconquérir), elle se fâchait, l'engueulait, hurlait, puis lui raccrochait au nez, le tout suivi d'une pléiade d'insultes par textos. Après quelques minutes, elle se rendait compte de la gravité de son attitude et s'en voulait terriblement de s'être encore une fois laissé emporter par cette colère qui l'habitait et qu'elle n'arrivait apparemment pas à maîtriser, yoga ou pas. Elle avait encore trop mal, c'était évident. Et bien qu'elle fût remplie de remords, elle ne pouvait s'empêcher de continuer à lui en vouloir. Une partie d'elle souhaitait à tout prix vivre entièrement à l'image des enseignements qu'elle étudiait, lâcher prise sur ce qu'elle ne pouvait contrôler, être en mesure de passer à autre chose et d'envoyer en son cœur de la lumière sur Samir et Lili. Et une autre partie d'elle était rongée par la haine et par des idées violentes, par une soif de vengeance et un instinct territorial presque animal qui l'empêchaient de mettre en pratique tous ces écrits qu'elle lisait chaque soir. Elle cherchait à réprimer cette part d'ombre et à n'afficher qu'un sourire de bonheur et de gratitude, mais, dès que les circonstances lui remettaient la vérité en pleine face, elle n'y parvenait plus.

Elle se rendait chez Angie et Dino pour dîner au moins une fois par semaine, avec Emma, qu'elle avait du mercredi au samedi mais que ses parents gardaient la moitié de ce temps. Pendant que les petites jouaient ensemble au sous-sol, Angela s'époumonait à essayer de faire comprendre à son amie que, à force de ressasser l'histoire de Sam et de Lili, elle ne faisait que se causer du tort à elle-même. Que la colère était comme un charbon ardent qui ne brûlait que celui qui le tenait. Mais Vanessa feignait de ne pas l'entendre. Une fois qu'elle commençait à raconter ses malheurs, elle ne pouvait plus s'arrêter. C'en était pénible pour ses interlocuteurs.

Sauf pour Dino.

Dino, qui restait de plus en plus longtemps lorsque Vanessa s'y trouvait. Dino qui soutenait celle-ci du regard lorsque ses yeux s'emplissaient de haine. Dino qui secouait sans arrêt la tête de gauche à droite quand Vanessa pleurait. Rien n'avait changé depuis son retour d'Inde, Dino était toujours aussi persistant à son égard.

Un soir, pendant qu'Angela mettait les filles au lit, il vint rejoindre Vanessa, qui terminait seule son quatrième verre de vin dans la cuisine. Ce vice faisait partie, lui aussi, de sa double vie. Une vraie patronne du bien-être de jour, une semi-paumée de soir. Jus verts et heureux, *smoothies* à la betterave, sourires béats et respirations profondes le matin, puis cigarettes, verres de vin, steak-frites et mauvais mots la nuit. Deux états opposés qui se complétaient pour l'enfoncer au milieu d'un déséquilibre complètement absurde.

« Ness, tu sais, moi, j'admire ta résilience et ton courage.

— Pardon ? Dino, on a déjà parlé de ça. Je ne coucherai jamais avec toi. »

Dino encaissa le coup. Ne revint pas sur cette dernière déclaration et poursuivit :

« Je peux t'aider, tu sais. »

Vanessa aspira une autre bouffée de sa cigarette.

« Ah oui ? Et comment ? Tu vas envoyer un de tes copains de la voirie kidnapper Lili, la tabasser, et tu vas me rendre Sam ? »

Dino laissa échapper un éclat de rire et demanda une cigarette à Vanessa. Il inspira la première bouffée.

« Mmmm… Peut-être pas exactement, mais pas loin non plus de ça.

— Que veux-tu dire exactement ?

— Je veux dire que je veux t'aider. Je veux être là pour toi. Je veux que tu ailles mieux. Moi, je te trouve fantastique et, que je finisse par coucher avec toi ou non, je crois que tu ne mérites pas ce qu'il t'arrive.

— Wow ! T'as du culot, toi ! Tu te rends compte de ce que tu dis ? On est chez toi, chez ta femme, ma meilleure amie, et tu oses prononcer de telles paroles.

— Ness. Je me sens comme je me sens par rapport à toi. Et ça, il n'y a rien qui peut le changer. J'aime Angela, à ma façon, avec notre drôle de dynamique et, non, je ne crois pas être un jour capable de la laisser tomber…

— Tout le contraire de Sam…

— Mais je sais aussi que quand je te vois je ressens un tas de trucs dans mon corps, et je ne peux pas renier l'effet que ça me fait. Donc. Voilà. C'est dit. Maintenant, tu veux que je t'aide ou pas ? »

Vanessa prit une pause. Fuma encore un peu, écrasa sa cigarette dans le cendrier et accepta.

« Bien sûr, mais comment ?

— Regarde. Pendant que, toi, tu rames et que tu essaies tant bien que mal de te reconstituer une vie après que ce salopard de Sam t'a complètement laissée tomber, Lili doit être en train de mener la belle vie, sans se soucier un seul instant des dégâts qu'elle a causés, du tort irréparable qu'elle a fait à Emma, de l'état dans lequel elle t'a laissée. Elle a tout détruit et elle s'en lave certainement les mains. »

Vanessa acquiesça. Dino poursuivit :

« Pour l'instant, je n'ai pas de plan concret à te proposer, Ness. Mais je peux passer dans son coin, tous les jours après le travail, et discrètement l'observer, en apprendre plus sur ses habitudes, te dire aussi lorsqu'elle est avec Sam ou pas. Au pire, ça te fera des preuves d'adultère ou que Sam est trop occupé ailleurs pour être un bon père et, au mieux, on apprendra peut-être certaines choses sur elle qui pourront te servir. »

Vanessa aimait l'idée. Dino lui proposait de faire dans la réalité exactement ce qu'elle s'occupait à effectuer virtuellement entre ses cours de yoga : espionner toutes les publications personnelles et professionnelles de Lili sur les réseaux sociaux. Afin d'en savoir plus et, surtout, pour se constituer une réserve d'arguments à utiliser contre Sam si elle venait à en avoir besoin.

Sa souffrance justifierait les moyens. En temps normal, ce n'était pas un plan auquel elle aurait adhéré. Mais elle ne voyait pas comment elle réussirait à s'en sortir si elle ne trouvait pas une façon de prendre le dessus sur la situation. De sentir qu'elle avait encore un tout petit peu de pouvoir sur quelque chose. Et le savoir, c'était le pouvoir. En sachant ce à quoi Lili s'affairait, jour après jour, elle se munirait d'informations qui s'avéreraient utiles en cas de…

Elle stoppa son raisonnement à cet instant. Même si elle n'était pas en mesure de cerner précisément ce à quoi pourrait lui servir le fait d'être au courant de toutes les allées et venues de sa rivale, elle le voulait quand même. Point. Elle verrait bien par la suite ce qu'elle en ferait. Sa petite voix la pressait d'accepter.

« Oui. Oui. C'est bon, Dino. Je veux en savoir plus. Je veux tout savoir : quand elle voit mon Sam, quand elle n'est pas avec lui, les plateaux sur lesquels elle travaille, l'heure à laquelle elle va chercher son fils, quand elle couche avec mon mari, si elle couche avec d'autres mecs que mon mari, qui sont ses amies, ce qu'elle mange, bref, tout. »

Vanessa avait lancé tout ça dans un long crescendo. Plus elle en parlait, plus elle y croyait. Elle découvrirait la faille de cette femme, elle l'exposerait à Sam, et ce dernier se rendrait enfin compte de son erreur et la supplierait de le reprendre. Elle le ferait patienter, elle feindrait d'hésiter, elle reprendrait tout son pouvoir sur lui, puis, au moment où il serait le plus vulnérable, lorsqu'il aurait réalisé toute l'ampleur de son erreur, lorsqu'il serait par terre, qu'il se mordrait les doigts un à un d'avoir abandonné ce que la vie lui avait donné de plus cher, sa famille, elle l'accueillerait, et il lui en serait éternellement redevable.

Dino alluma une autre cigarette en silence, plongea son regard dans celui de Vanessa et lui dit, d'une voix grave et rauque, presque caricaturale : « *Deal.* » Il termina sa cigarette en regardant cette fois-ci dans le vide, posa un baiser sur la joue de Vanessa, se retourna et la laissa seule à ses grands espoirs. Il alla à l'étage et se dirigea vers la chambre de la petite Meghan. Grâce à la lumière de la veilleuse en forme d'Olaf qui illuminait un coin de la chambre, Dino vit qu'Angela s'était assoupie auprès de sa fille et qu'Emma dormait paisiblement dans le lit capitaine à leurs côtés. Il embrassa le front de son enfant, effleura du bout des doigts le visage de sa femme, remonta les draps sur elles, jeta un bref regard à la fille de Vanessa puis sortit de la pièce.

Vanessa se délectait de ce nouveau plan en terminant son cinquième verre de vin. Une fois celui-ci vidé, elle le déposa dans l'évier et alla se coucher dans la chambre d'amis. Elle s'endormit paisiblement en énumérant mentalement les nouvelles postures de yoga qu'elle enseignerait à ses élèves du cours avancé à sa classe de midi du lendemain.

CHAPITRE DIX-SEPT

Samir arpentait son bureau de long en large tout en épluchant ses courriels sur son iPhone. Il ne savait plus où donner de la tête. Le retour au travail après les fêtes avait été brutal.

Tout d'abord, Nicoletta lui avait annoncé qu'elle avait renoué avec un de ses ex et qu'ils ne coucheraient plus ensemble. Puis il avait reçu quelques mauvaises nouvelles au bureau, des subventions non obtenues, des acteurs qui se défilaient, des nominations qu'il n'aurait pas dans certains festivals importants. Le succès venait avec son lot de tracas, et la différence avec l'époque où il avait fondé sa boîte, c'est qu'il ne gérait plus l'échec de la même façon. À ses débuts, il considérait que les défis se déguisaient en échecs et ils les accueillaient les bras ouverts, car ce sont eux qui l'avaient toujours poussé à évoluer, à faire grandir sa *business*, à creuser ses idées. Aujourd'hui, rien n'était pareil. La taille de sa boîte et son train de vie ne lui permettaient plus de prendre trop de risques à la fois, et chaque mauvaise nouvelle, au lieu de propulser son ambition, lui coûtait une nouvelle ride sur le front et quelques cheveux blancs.

Il ne dormait presque plus. Les fêtes avaient aussi été pénibles en quelque sorte. Il y avait eu ce baiser, un peu plus long que l'aurait voulu l'usage, que son ex avait posé au coin de ses lèvres. Il se mentirait à lui-même s'il affirmait que cela ne lui avait rien fait. Cette femme, il l'avait déjà aimée puisqu'il l'avait épousée. Il ne pouvait plus la supporter, encore moins lorsqu'elle lui piquait ses énormes crises au téléphone, mais il n'avait pas non plus envie de la voir aux bras d'un autre. Il balaya cette idée de son esprit. Il lui souhaitait tout le bonheur du monde, et son bonheur signifierait pour lui la paix. Mais il était préoccupé par tout. Par les frais d'avocats, par son travail, par la petite qui souffrait vraisemblablement de leur séparation. Il n'en dormait plus la nuit et sentait sa créativité diminuer. Il ne devait pas se laisser entraîner vers le bas par toutes ces histoires. Il devait s'en sortir, la tête haute.

Et puis, il y avait Lili. Lili qu'il avait déjà tant désirée. Lili qui avait été pour lui une muse, une passion dévorante, pour qui il avait tout abandonné. Lili, la belle aux yeux verts, Lili au corps enveloppant et au sexe qui aspirait le sien. Il avait caressé pendant quelques semaines l'illusion de l'aimer profondément, comme jamais il n'avait aimé auparavant. Puis il s'était désintéressé d'elle, mais pas assez pour rompre définitivement. Quelque chose le gardait lié à elle. Elle souffrait de cette situation, c'était clair. Mais il ne considérait pas cela comme son problème à lui. Il aimait lui parler, lui faire l'amour, cela nourrissait son ego, et, oui, il pouvait s'imaginer vivre à ses côtés dans un futur éloigné, mais, pour l'instant, il n'avait rien à lui donner. Il était trop stressé, et l'insécurité constante de Lili le stressait encore plus. Elle le textait plus que jamais, attendait toujours des réponses à ses messages, lui demandait s'ils pouvaient se voir, si elle pouvait rencontrer Emma. Ne se rendait-elle pas compte qu'il était beaucoup trop tôt pour quoi que ce soit ? Qu'il n'avait surtout pas l'intention de la présenter maintenant à sa famille et que, chez les Libanais, la famille, c'était tout ? Qu'Emma était loin d'être prête à avoir une belle-mère, puisqu'elle arrivait à peine à s'adapter à sa vie à deux maisons ?

Samir avait caché à son père qu'il ne parvenait pas à quitter Lili une bonne fois pour toutes. Il ne pouvait se décider à la laisser réellement, il avait peur de s'en vouloir. Elle semblait dépendre de lui à un point tel qu'il avait l'impression d'être dans une position d'importance à son égard. Il aimait cela aussi. Et s'il la laissait, il la savait capable de se trouver un autre homme rapidement, de s'afficher partout à son bras et, ça, il ne voyait pas comment il le prendrait. Tout dans sa vie était sens dessus dessous. Un gros bordel. Et ça, c'était depuis que Lili y était entrée. Sans même s'en rendre compte, il avait commencé à lui en vouloir et tirait une certaine satisfaction à la priver de tout ce qu'il lui avait promis.

Samir s'assit à son bureau et appuya sa tête entre ses mains. Une autre migraine. Il devait absolument mettre son énergie à la bonne place. S'il parvenait à se convaincre de retourner avec Vanessa, les choses pourraient de nouveau être si simples. Il retrouverait sa maison, Emma ne subirait plus de préjudices ni la manipulation de sa mère, et cela lui coûterait moins cher. Quant à Lili, il lui redonnerait sa liberté. Mais rien de tout ça ne lui semblait possible. Il était déjà allé trop loin. Avec Lili. Avec Vanessa. Avec Nicoletta. Il ne pouvait plus reculer. Il devait faire un homme de lui et continuer à imposer sa volonté à ceux qui l'entouraient. C'était pour le bien de ses affaires, de ses films et de sa fille. Et à ses yeux, c'étaient les seules choses qui comptaient. Il ne changerait sa façon de faire ni avec Lili, ni avec Vanessa. *Statu quo*. La vie finirait bien par lui montrer la direction à suivre.

Chapitre dix-huit

Lili ne savait plus où se cacher pour se gratter et soulager la démangeaison qui persistait depuis deux jours autour de ses parties génitales. La crème contre les vaginites que lui avait suggérée la pharmacienne n'avait apparemment aucun effet apaisant sur elle. Elle se trouvait en réunion avec deux autres actrices et un réalisateur lorsqu'elle décida qu'il fallait absolument qu'elle aille voir sa gynécologue. Elle n'en pouvait plus de croiser les jambes pour assouvir son besoin constant de sentir de la pression sur son sexe afin de calmer les picotements infernaux.

Elle sortit du boulot et appela son médecin, la Dre Morin.

Elle avait la même gynécologue depuis des années. C'est elle qui avait fait faire tous les tests à sa mère lorsqu'elle avait cru déceler son cancer de l'utérus. On lui avait tout enlevé. Mais d'autres tumeurs étaient venues à la charge. La mère de Lili avait souffert dans la dignité jusqu'à sa mort et la Dre Morin avait été d'une aide précieuse et d'un soutien infaillible pendant les années durant lesquelles la maladie dévorait sa victime. Lili se souvenait des longues conversations qu'elle avait eues avec elle, une rareté puisque tous les autres docteurs qui la suivaient n'avaient jamais le temps d'aller au-delà de leurs pronostics et de leurs diagnostics, et quittaient la pièce quelques instants après avoir annoncé leurs tristes nouvelles.

Lili déplorait le fait qu'à l'époque tous ceux à qui elle racontait ce que sa mère traversait posaient sur les épaules de celle-ci le poids de la responsabilité de sa maladie. Elle avait tout entendu : « Ta mère aurait dû quitter ton beau-père s'il était alcoolo et violent, c'est ça qui a causé le cancer… Peut-être a-t-elle mangé trop d'aliments transformés… L'appartement dans lequel vous viviez lorsque tu étais petite n'était-il pas situé à proximité de l'autoroute Métropolitaine? Mange-t-elle bio? Le stress… Faisait-elle de l'exercice?» On donnait beaucoup de pouvoir à de bien petites choses. Pendant toute la maladie de sa mère et jusqu'à ce que celle-ci rende son dernier souffle, Lili avait eu envie de hurler dès que quelqu'un employait le mot «cancer» en sa présence. De tout balancer. De frapper du pied quelque chose, quelqu'un. Personne ne savait réellement de quoi il parlait, mais tous parlaient pour parler, parce que, en présence de la maladie, on ne gère pas bien le silence. On laisse se créer un malaise, on bafouille parce qu'on ne trouve pas les mots justes. Et pourtant, le silence est empli de belles choses, d'énergie, d'amour et de bienveillance, si on veut bien lui donner la chance de les exprimer.

Quand la mère de Lili était morte, la Dre Morin avait longuement serré la jeune femme dans ses bras, lui avait caressé la tête et lui avait promis de ne jamais la laisser tomber. Elles avaient tissé un lien à travers cette douleur.

La Dre Morin accueillit Lili à sa clinique entre deux patientes, sans qu'elle ait eu de rendez-vous. Après les salutations et les prises de nouvelles d'usage, mais fort sincères, Lili exposa à son médecin l'ampleur des picotements avec lesquels elle avait à composer depuis le début de la semaine.

«Et tu dis que la crème n'a rien changé?

— Non. J'ai déjà eu des vaginites, mais celle-ci, elle surpasse toutes les autres…

— Lili, ton cycle est-il régulier ces temps-ci?

— Oui.»

La Dre Morin regardait la feuille lignée où elle prenait ses notes, puis un petit calendrier de la Banque Royale qui trônait sur son bureau.

«Bon. D'accord. Et en ce moment où en es-tu?

— J'ai eu mes règles il y a une semaine.

— Tout était normal?

— Euh… Oui. J'ai juste eu l'impression qu'elles ont duré un peu moins longtemps que d'habitude. Elles ont commencé lundi, je m'en souviens parce que je tournais et qu'il a fallu que je demande des tampons à la maquilleuse, et elles ont cessé mercredi matin parce que j'étais chez mon comptable et je me rappelle avoir été surprise de ne pas avoir besoin d'enfiler un nouveau tampon lorsque je suis allée dans ses toilettes trop mal décorées en plein milieu de notre *meeting*.

— Et la couleur?

— Comme d'habitude… Enfin, non, peut-être un peu plus rosé.

— Et sinon? D'autres détails qui t'ont semblé sortir de l'ordinaire?

— Non. C'est tout, je crois.

— La fréquence de tes relations sexuelles?

— Je suis chanceuse si je le vois deux fois par semaine… »

Le médecin arrêta de prendre des notes et regarda Lili droit dans les yeux.

« Tu sais que c'est lui qui devrait se considérer comme chanceux de te voir deux fois par semaine… Est-ce que ça va?

— Oui. Ça pourrait aller mieux, mais, tu sais, j'ai vu pire!

— Oui, ça, je le sais, ma belle. »

Lili retint ses larmes. En fait, ça n'allait pas du tout. Mais elle n'avait pas envie d'occuper trop longtemps son médecin, et, surtout, elle avait hâte d'en avoir le cœur net à propos de ces démangeaisons. Elle craignait, sans trop vouloir se l'avouer, que Samir lui ait refilé une maladie, une petite saloperie d'ITS, peut-être pas le sida mais un truc comme le virus du papillome humain, ou la gonorrhée, ou la chlamydia. Par contre, il lui avait dit maintes fois qu'elle était la première avec laquelle il couchait depuis Vanessa et qu'il avait été fidèle durant son mariage. Et si c'était Vanessa qui l'avait trompé et qui lui avait transmis une merde? La Dre Morin coupa court au raisonnement de sa patiente en se levant et en allant ouvrir une des armoires du cabinet qui se trouvait au-dessus du lavabo de la pièce exiguë. Elle en sortit un petit pot de plastique transparent.

Lili savait de quoi il s'agissait. Elle avait pensé à toutes les options possibles, sauf à celle-là.

«Alors, première étape avant que je t'examine, tu vas aller faire pipi dans ce pot et me le rapporter.

— Mais, docteure, c'est impossible que je sois enceinte, j'ai eu mes règles il y a moins de dix jours!

— Ma chère, dans cette clinique, j'ai tout vu. Des bébés-stérilets, des bébés-condoms, des bébés-pilules, des femmes qui ont eu leurs règles pendant toute leur grossesse, des femmes qui ne se sont aperçues qu'elles étaient enceintes qu'à l'accouchement. C'est une procédure de faire un test de grossesse. Il existe une possibilité que tu sois enceinte et que tu aies développé une infection à levures à cause de ce déséquilibre hormonal.»

Lili attrapa le pot que son médecin lui tendait et se rendit à la salle de bain au bout du corridor.

Le pot était à demi plein, la quantité d'urine devait être suffisante. Lili se lava les mains et rinça le contour du petit pot puis retourna dans le bureau de la Dre Morin et le lui rendit. Le médecin sortit une languette de papier et la trempa dans le liquide. Elles patientèrent ensemble trois longues minutes, qui semblèrent une éternité à Lili. Puis la Dre Morin retira la languette et regarda Lili.

«Ma belle, tu es enceinte.»

Lili ne dit mot. Elle était figée. Comment cela était-il possible?

«Mais je ne comprends pas, je vous jure, on fait attention.»

Lili ne put retenir ses larmes, qui roulèrent sur ses joues.

«Docteure Morin, je suis dans la merde. Le père n'est même pas divorcé encore. Il est dans le jus au travail, il a déjà un enfant, je ne sais pas ce que je vais faire...»

Le médecin la prit dans ses bras. Lili accepta l'étreinte et se laissa aller à son chagrin.

«Docteure, j'ai le don du drame, j'ai l'impression.

— Ne t'en mets pas trop sur les épaules. Un bébé, ça se fait à deux.»

Lili essuya ses dernières larmes du revers de la main et laissa l'humour prendre le dessus, histoire d'alléger l'atmosphère.

«Et ma vaginite là-dedans?»

La Dre Morin émit un petit rire.

« Eh bien, je l'avais presque oubliée. Je vais te prescrire un antibiotique topique et, tu vas voir, d'ici deux jours, on n'en parlera plus. Si ça persiste, on fera les tests pour les ITS, mais je suis certaine que c'est lié à ta grossesse, à ton taux d'œstrogènes. »

« Grossesse. » Le mot fit écho dans la tête de Lili. Elle avait trente-trois ans. Elle avait déjà un enfant. Elle gagnait bien sa vie. Comment oserait-elle aller se faire avorter ? Elle savait que les jours qui suivraient seraient extrêmement laborieux à gérer. Mais en même temps, si elle devait concentrer ses efforts sur ce nouveau problème, peut-être cela l'aiderait-elle à prêter attention à autre chose qu'à Sam et aux multiples coups d'œil qu'elle jetait quotidiennement à la page Facebook de Vanessa. Mais non.

À quoi pensait-elle ? Cela ne ferait qu'augmenter son anxiété et son désir d'être avec Samir, de construire un avenir avec lui.

Après avoir effectué une estimation de la date où Lili serait tombée enceinte, la Dre Morin lui annonça qu'elle ne devait pas en être à plus de cinq semaines et qu'elle avait encore le temps de réfléchir avant de prendre une décision. Lili la remercia chaleureusement et lui promit de l'appeler sous peu pour lui faire part de ses intentions. Elle attrapa son manteau dans le vestiaire de la clinique et se dirigea vers l'ascenseur. Elle sentit la panique monter en elle. Une panique qu'elle connaissait bien, du type à la couper du reste du monde. Une panique qui la saisirait à la gorge, qui lui donnerait des maux de tête, qui l'empêcherait de bouger, qui la noierait dans ses pensées virevoltantes, une panique qui l'empêcherait d'agir rationnellement, puisque le but de chacun de ses actes deviendrait alors de se sortir de cet état angoissant. Elle attrapa son téléphone cellulaire. Son premier réflexe fut de texter Sam. Il était le père, tout de même. Mais ne lui faisait-il pas confiance ? Ne lui avait-elle pas annoncé il y a quelque temps qu'elle calculait ses jours avec précision et qu'il était sans danger pour lui de jouir en elle ? Non. Sam n'était pas responsable de cette grossesse. Enfin, si, mais non. Il était si stressé, si préoccupé par la tournure des négociations de son divorce, par la constante méchanceté de Vanessa à son égard, par le bien-être de la petite Emma, il n'avait sûrement pas besoin d'une grossesse non planifiée en plus. Et d'un autre côté, si cela lui apportait une certitude quant aux prochaines décisions à prendre ? Si cela lui confirmait qu'il était fait pour être avec elle, Lili, et que la voie de son avenir passait bien par la naissance d'une famille à ses côtés ? Peut-être que cette grossesse inattendue réglerait finalement une partie de leurs problèmes ?

Elle lui écrivit : « Bonjour, mon amour, comment vas-tu ? Je sais que tu dois avoir une dure journée au boulot aujourd'hui, je n'ai pas encore eu de tes nouvelles. Penses-tu pouvoir passer ce soir à la maison ? Ou me rappeler ? Merci. Je t'aime. Je m'ennuie de toi. xoxoxoxo ☺ »

Puis elle sortit de l'immeuble et alluma une cigarette. Il faisait un froid de canard. Ce froid qui pénétrait les os. Le smog émis par les pots d'échappement des voitures attendant le feu vert montait dans les airs et participait à la grisaille générale de cette journée glaciale. La neige au sol avait durci en plaques gelées que le sel tentait tant bien que mal d'effacer sur les trottoirs. Lili détestait l'hiver. Lili se détestait. Elle aimait tout de sa vie, sauf ce qu'elle en faisait. Elle s'en voulait à mort de continuellement carburer au drame. De ne jamais avoir été capable de vivre à la légère, de ne pas avoir su être satisfaite par un bungalow en banlieue avec un spa, un homme pas trop compatible, mais bien sympathique, une petite vie tranquille éloignée des tourments que l'on s'inflige, comme si la vie ne nous en présentait pas déjà assez comme ça.

Elle avait espéré que le temps de fumer une cigarette aurait été suffisant à Sam pour qu'il lui réponde. Eh non. Son téléphone émit un petit ding, mais le nom qui s'afficha fut celui de Charlotte. Ça la sortit de sa bulle. Toute préoccupée qu'elle était depuis quelque temps par ses propres histoires, elle en oubliait de rappeler ses amis, d'être là pour Charlotte, de vivre pour elle-même et pour ses acquis, et non pour ce qu'elle n'avait pas. Elle s'empressa de lire le texto : « Salut, beauté, alors tu oublies tes amies ? La vie est trop bonne avec ton Samsam ? Je comprends… C'est ça, l'amour… Quand tu sortiras de ton lit de tourtereaux, n'oublie pas d'appeler celle que tu nommais auparavant ta meilleure amie…☺ »

Lili composa son numéro immédiatement et, lorsque Charlotte décrocha, elle se confondit en excuses. Charlotte eut une petite hésitation mais, puisqu'elle connaissait son amie comme si elle l'avait tricotée, elle ne lui en voulut pas bien longtemps. Elles ne s'étaient pas vues depuis près d'un mois, et leur dernière conversation remontait à plus de deux semaines. Après les prises de nouvelles d'usage, Lili annonça à Charlotte qu'elle était enceinte et lui demanda conseil.

« Lili, ne me demande pas quoi faire. Je ne peux pas. Tu sais, j'élève mes enfants seule et, sans eux, je ne serais pas grand-chose. En même temps, je ne sais pas si, vu l'état de ta santé mentale en ce moment, ce serait sain pour toi, pour Tom et pour le bébé de l'accueillir. Cette décision, tu dois la prendre toi-même, avec ou sans Sam, parce que, apparemment, on ne peut vraiment compter sur sa parole…

— Charlie ! Que veux-tu dire ? Il me répète continuellement qu'il m'aime, qu'il est là pour moi et qu'il travaille fort de son côté pour que l'on puisse être finalement ensemble.

— Alors, il te répète toujours les mêmes choses ? Tu sais, Ryan et moi, on était mariés après six mois.

— Tu ne peux pas comparer. Notre histoire est différente. Je fais confiance à Samir. »

Lili eut un pincement au cœur. Elle s'était rendu compte qu'elle ne s'était pas crue lorsqu'elle avait prononcé ces dernières paroles. Elle le réalisait pour la première fois. Charlotte et elle discutèrent encore quelques minutes du sujet, énumérant les pour et les contre, Lili pleura un peu, alluma une autre cigarette et se remit à marcher, car le froid lui mordait les orteils et lui glaçait la poitrine.

Puis Charlotte lui annonça qu'elle avait un nouvel amoureux, rencontré au travail quelques semaines auparavant, et qu'après plusieurs rendez-vous galants, au resto et au cinéma, comme dans les années 1950, ils avaient fait l'amour pour la première fois la veille.

« Lili, ça faisait tellement longtemps qu'un homme ne m'avait pas touchée ! J'étais en voie de devenir une vieille relique. Et hier, ça s'est tellement bien passé, il m'a fait l'amour comme si rien d'autre au monde ne comptait. Il est merveilleux. Il veut m'inviter à Cuba sans les enfants ! Je me demandais si tu pourrais…

— Ah ! Et après, tu m'en veux si on ne se voit pas ? C'est pas à cause de moi ! C'est à cause de ton nouveau Superman ! Mais bien sûr que je pourrai prendre tes petits monstres pour que tu ailles faire l'amour sur une plage au soleil pendant que je me fais chier avec ma vie pseudo-dramatique et tes trois petites pestes ! »

Elles pouffèrent de rire et cela fit du bien à Lili. La joie de son amie retentissait en elle. Elles se promirent d'aller manger dans la semaine qui suivrait et, surtout, Charlotte répéta à Lili de l'appeler, de la texter, nuit ou jour, si elle avait besoin de réconfort. Et la pria de s'assurer que, peu importe la décision qu'elle prendrait, elle la prendrait pour elle et non pour Sam.

À peine Lili avait-elle raccroché qu'elle reçut un texto de Sam.

« Hello, beauté. Je suis dans le jus. Désolé. Je m'ennuie de toi aussi. Je peux passer ce soir, mais pour une petite heure seulement, quand ton fils sera couché. »

Lili savait ce que cela voulait dire. Il viendrait, la baiserait, lui donnerait un peu d'amour et d'attention, desquels elle pourrait se nourrir en attendant que Sam soit vraiment sien, puis il repartirait à son boulot, à son divorce et à sa vie, dont elle ne faisait visiblement pas partie. Et elle goberait tout parce que c'était mieux que rien, non ?

Elle craignait aussi sa réaction. Elle avait peur d'entendre de sa bouche qu'il ne voulait pas de leur bébé, qu'il l'aimait mais pas assez pour avoir un enfant avec elle tout de suite, qu'il paierait l'avortement dans une clinique privée mais qu'il serait trop occupé pour l'y accompagner. Parce qu'en fait elle savait très bien que c'était ce qu'il risquait de lui dire.

Ce soir-là, elle mit Tom au lit, texta à Samir que son fils dormait et l'attendit en nuisette, dans son lit. Il entra sans faire de bruit, comme un voleur, la rejoignit sous les draps, la retourna et la prit de toutes ses forces, par l'arrière. Lili n'eut aucun plaisir et fit un grand effort pour retenir son irrépressible envie de fondre en larmes. Elle n'eut ni le temps ni l'envie d'aborder avec lui le sujet de sa grossesse à ce moment-là. Après son départ, elle essaya tant bien que mal de trouver le sommeil, sans succès. À 1 h 30 du matin, en sueur après s'être tournée et retournée dans son lit, elle se leva et alla ouvrir l'armoire de sa cuisine qu'elle désignait comme étant sa pharmacie. Elle prit un comprimé d'Ativan, s'enroba dans son manteau puis alla fumer une cigarette sur son balcon arrière. Quand elle revint dans son lit, le somnifère fit son travail et Lili sombra dans un sommeil comateux et sans rêve.

CHAPITRE DIX-NEUF

Chaque jour, après son travail, Dino prétextait des heures supplémentaires à sa femme pour suivre Lili dans ses allées et venues au volant d'un Ford Navigator noir appartenant à son cousin. Il commençait sa ronde au coin de la rue de Lili, épiait sa maison sans cligner des yeux et mettait son véhicule en marche dès qu'elle en sortait. Puis il la suivait et, deux heures plus tard, il rentrait chez lui.

Évidemment, cela ne lui laissait guère une grande fenêtre d'action puisque son temps était compté, mais il avait toutefois pu recueillir certaines informations pouvant s'avérer intéressantes pour Vanessa. Il lui textait celles-ci au fur et à mesure. Vanessa les notait ensuite dans un carnet et effaçait les textos, s'assurant ainsi qu'en cas de problème personne n'aurait accès aux données compromettantes de son téléphone. Vanessa se plaisait à ce petit jeu, même s'il n'avait rien de grandiose, rien d'hollywoodien. En vérité, leur ballet était presque ridicule puisqu'elle-même n'en connaissait pas le but précis. Mais en plus de l'amuser et, surtout, de l'occuper, cela aidait Vanessa à reprendre confiance en elle, et elle avait bien l'intention de réunir toute l'information dont elle disposait, d'en trouver une qui serait compromettante et de la transmettre à Samir. Ainsi, elle analysait tout, tout, tout ce que Dino lui envoyait et en tirait ses propres conclusions, se disant que, même si ce n'étaient que ses propres hypothèses, elles tissaient des liens qui pourraient servir à éloigner son mari de la maîtresse. Dans son petit carnet noir, on pouvait lire les phrases suivantes.

12 février : Lili se rend dans un immeuble médical en fin d'après-midi. Elle en ressort une heure plus tard et allume une cigarette. Elle texte, puis elle parle au téléphone. Elle semble essuyer des larmes. Elle se remet à marcher et entre dans un café. Elle en ressort, un verre en carton à la main puis se rend à sa voiture. Elle va chercher son fils à l'école et ils rentrent chez elle.

13 février : rien. Elle semble être à la maison, certaines lumières s'allument et s'éteignent. Pas vue.

14 février : *idem.*

15 février : Samir sonne à sa porte à 15 h 10. Il ressort de chez Lili à 16 h 40. Il semble préoccupé et marche vers sa voiture tout en pianotant sur son portable.

16, 17, 18 février : rien, mis à part Lili qui va chercher son fils à l'école à pied.

19 février : Lili arrive chez elle à 16 h. Elle est en pleurs et allume une cigarette avant de pénétrer dans sa maison.

20 février : Lili se rend à La Cité des Images. Elle n'en ressort pas. Elle doit être en train de tourner quelque chose.

21 février : rien.

22 février : rien.

23 février : Lili quitte sa maison et se rend à pied à un duplex sur la porte duquel se trouve l'écriteau suivant : Olivia Carbone, psychologue. Elle y demeure près d'une heure trente et en ressort. Puis se dirige vers l'école de son fils.

24 février : Lili sort de chez elle avec un homme qui n'est pas Sam. Il la serre dans ses bras et l'étreint longuement, puis dépose un baiser sur son front, avant qu'ils se séparent et se rendent chacun à leur voiture respective.

25 février : le même homme sonne à la porte de la maison de Lili et en ressort une heure plus tard.

Vanessa avait demandé à Dino de prendre des photos, mais celui-ci trouvait la chose trop compromettante, alléguant qu'il risquait déjà beaucoup à suivre une femme ainsi, qu'un Navigator noir n'était pas non plus le véhicule le plus subtil de l'histoire et qu'il ressentait de la nervosité à jouer à ce petit jeu.

Au fil de ses rondes, il avait perçu chez Lili sa fragilité, il la voyait toujours au bord des larmes ou une cigarette au bec. Elle lui faisait penser à un oiseau blessé. Et plus il la suivait, moins il en voyait l'utilité. Pour Vanessa, c'était le contraire. Chaque jour, lorsqu'elle recevait le rapport par texto de Dino, pour lequel elle avait choisi une sonnerie particulière, elle se frottait les mains, souriait et ressentait une grande hâte à l'idée d'avoir peut-être obtenu LA perle qui causerait la chute de sa rivale.

Déjà, elle considérait que l'homme qui avait rendu par deux fois visite à Lili pourrait lui servir de munitions, et elle avait déjà texté à Sam la chose suivante : «Sam, si j'étais toi, je me méfierais de ma nouvelle fiancée… Apparemment, tu ne serais peut-être pas le seul.» Ce texto était demeuré sans réponse, car Sam avait l'habitude des fausses allégations de sa femme. Elle avait tant *bitché*, tant menti, elle s'était fait tant d'histoires qu'il ne pouvait pas davantage la croire cette fois-ci. Or, celle-ci avait poursuivi : «Un grand homme, cheveux blond vénitien, barbe naissante, conduit une Passat, long manteau noir de feutre… Ça ne te dit rien ? Mmmm.» Ce message avait réussi à capter plus longuement l'attention de Sam. Mais il choisit de ne pas se laisser prendre au jeu. Son ex-femme était folle. Alors pourquoi s'attarder ?

Sam sentit cependant le doute s'immiscer en lui. Il voulut en avoir le cœur net. Si Lili en avait vu un autre que lui, il en serait terriblement heurté, Lili était SA chose, mais en même temps, cela réglerait bien des problèmes, et il pourrait s'en laver les mains en accusant Lili d'avoir causé la fin de leur relation avec son infidélité. Elle en mourrait de regrets et de culpabilité, s'asservissant encore plus au pouvoir qu'il semblait avoir sur elle.

Il décida de lui envoyer un texto pour l'inviter à souper le soir même. Lili accepta avec empressement. Ils se rendraient à l'hôtel-boutique où il l'avait emmenée à leurs débuts, cela la rassurerait.

Quand Sam passa prendre Lili, Dino se trouvait en poste un peu plus loin dans la rue. Il informa Vanessa qu'il suivrait le couple et qu'il lui transmettrait le lieu où il se rendait.

Chez elle, Vanessa était sur le qui-vive. Elle tournait en rond dans son salon, se rongeant les ongles en se demandant si elle devait agir ou pas. Une force plus grande que sa raison lui murmurait que c'était l'occasion rêvée pour elle de signifier à sa rivale que les choses ne se passeraient pas ainsi, que justice serait faite et que, si ce n'était pas elle qui s'en chargeait, le karma, le destin, l'univers, bref, toutes ces entités floues vers lesquelles Vanessa se tournait lorsqu'elle perdait le contrôle, se feraient un plaisir de le lui faire comprendre.

Lorsqu'elle reçut le texto de Dino lui indiquant où Sam et Lili se trouvaient, Vanessa décida de remettre les pendules à l'heure. De faire son pipi territorial.

Elle envoya un message à Dino pour le remercier, lui dit qu'il pouvait rentrer chez lui, qu'elle-même était crevée et s'apprêtait à se coucher.

Ensuite, elle monta dans sa voiture et conduisit férocement jusqu'à l'hôtel-boutique, avec un élan et une concentration dignes d'une mission de James Bond.

Elle se rendit directement au terrain de stationnement adjacent à l'hôtel et aperçut la voiture de Sam. Comme si elle était sortie de son corps, comme si plus aucune once de dignité et de bon sens ne l'habitait, elle s'empara du canif suisse qui dormait au fond de sa boîte à gants et se dirigea vers le Lexus de son ex.

Elle vérifia qu'elle était bien seule dans le grand *parking* et creva les quatre pneus du véhicule.

Puis elle retourna dans son Audi et griffonna un mot sur un bout de papier qu'elle alla coincer sous les essuie-glaces du Lexus.

Lili, je voulais t'avertir que le karma te guette et qu'il se charge généralement de ceux qui font du mal aux autres.

Lili, tu as détruit une famille, tu as empêché une petite fille de connaître une vie heureuse, tu as ruiné une femme qui ne t'avait jamais rien fait.

Laisse ma vie tranquille. Retourne à la tienne.

Sam ne sera jamais heureux avec toi.

Et, en passant, nous avons recouché ensemble à Noël.

Enfin, elle revint à sa voiture, inséra la clé dans le démarreur et repartit chez elle. Elle ne pleurait pas. Elle était fière d'elle-même. C'était ce qu'il fallait faire.

Au restaurant, Lili était tracassée. Sam s'intéressait anormalement à ses activités et la bombardait de questions sous prétexte qu'il s'était ennuyé d'elle et qu'il voulait rattraper le temps perdu. Elle lui répondait, hésitante. Mais elle n'était pas dupe. L'attitude de Sam était étrange, presque maladroite. Elle sentait bien qu'il était à la recherche de quelque chose. Et bien qu'elle se soit préparée à l'éventualité d'une soirée assez intime, assez romantique pour qu'elle puisse lui faire part de sa grossesse, elle choisit de se taire. Elle n'était pas encore capable de lui annoncer.

Lorsque Lili et Sam ressortirent de l'hôtel-boutique, ils aperçurent le papier sur le pare-brise, puis les pneus dégonflés. Sam s'empara du mot et empêcha Lili de le lire.

Lili voulut appeler la police, Sam l'en dissuada.

« Lili, ne te mêle pas de ça. Ça me concerne. Je t'appelle un taxi. Rentre chez toi. Je te texterai demain. »

Lili était bouche bée. Ce qui venait de se passer la concernait bel et bien. De quel droit Sam la privait-elle de savoir ce qui se tramait ? Elle savait très bien que Vanessa devait être à l'origine de ces actes. Ce qui l'étonnait, c'était la facilité et la froideur avec lesquelles Sam l'avait renvoyée chez elle. Ils n'étaient manifestement pas un couple. Elle s'en rendait maintenant compte. Elle avait le cœur brisé, mais elle commençait à voir clair.

De son côté, Sam appela simplement la CAA, froissa la note de Vanessa, la fourra dans sa poche et décida de ne rien dire à personne de ce qui venait de se passer. Il fit comme si de rien n'était.

En arrivant chez elle, Vanessa aperçut une silhouette devant sa porte d'entrée. C'était Dino. Elle s'approcha. Dino lui lança :

« N'étais-tu pas supposée être crevée et aller te coucher il y a deux heures ?

— Oh ! Dino, je faisais de l'insomnie. Tu sais, avec tout ce qui se passe en ce moment. Alors j'ai décidé de prendre la voiture et d'aller me promener au bord de l'eau.

— Ah bon. En tout cas. Moi aussi, je commence à faire de l'insomnie avec cette histoire de détective privé, de suivre Lili. Ce n'est qu'une pauvre fille, Vanessa. Elle est paumée, elle ne fait rien de mal. Laissons-la tranquille. Occupe-toi donc de toi à la place. Moi je ne vois plus l'intérêt de jouer à ce petit jeu-là.

— Mais c'était ton idée, Dino !

— Eh oui ! Bien, il n'y a que les fous qui ne changent pas d'idée. En tout cas, moi j'arrête. »

Vanessa le regarda, médusée. Il tourna les talons, la croisa dans l'escalier et se dirigea vers sa voiture. Ce qu'il n'avait pas dit à Vanessa, c'était qu'Angela avait commencé à se douter de quelque chose et qu'elle l'avait interrogé la veille. Il s'en était sorti mais ne souhaitait plus jamais se retrouver dans cette position. Il avait peur de se faire prendre, il perdait son temps. Il n'y avait rien à découvrir. Et même ce grand blond, c'était peut-être simplement un ami, un cousin ? Et si Angela, alarmée par ce cirque, décidait de le quitter ? Et si ensuite c'était lui qui finissait par se faire observer ?

Dino lui promit d'être là pour elle en tant qu'ami, mais lui signifia fermement qu'il cesserait d'espionner sa rivale. Et que, désormais, il allait se concentrer sur son propre mariage. Il lui souhaita bonne chance et s'excusa, puis il s'en alla.

Après qu'il fut parti, Vanessa se dirigea vers sa cuisine et lança contre le mur, de toutes ses forces, une tasse qui traînait sur le comptoir. Elle s'effondra sur le carrelage de marbre et se mit à pleurer. Ils l'abandonnaient tous. Qu'avait-elle fait pour que personne ne reste à ses côtés, pour qu'ils partent tous ?

Et quoi maintenant ? Vanessa ne pouvait laisser aller les choses ainsi. Déjà, elle ne supportait pas d'avoir perdu sa place d'épouse. Elle essayait tant bien que mal de sauver sa place de mère. Mais si Sam en venait à présenter leur fille à Lili, et que la petite s'attachait à elle, et que Lili agissait avec amour envers Emma, si on la rayait complètement du portrait, elle en mourrait. Il fallait à tout prix empêcher que cela arrive. Jamais. Jamais. Jamais elle ne laisserait sa fille rencontrer cette putain de Lili. Cette actrice ratée qui lui avait piqué sa vie. Comment pouvait-on présenter un enfant à celui ou celle qui avait détruit sa propre famille ? Qui avait séparé ses parents ? Et lui demander de l'aimer en plus ? Cette simple idée lui redonna le courage d'agir de nouveau. Elle trouverait bien quelque chose.

CHAPITRE VINGT

Olivia l'avait écoutée sans dire un mot. Lili avait fondu en larmes dès qu'elle avait mis les pieds dans son bureau.

« Je suis enceinte, Olivia. »

Puis elle avait tout raconté, elle avait parlé de l'amour qu'elle avait pour son fils, du sentiment qu'elle avait de déjà avoir perdu Sam, de sa crainte de se faire avorter, car elle avait l'impression qu'il n'y aurait plus d'après, que cette grossesse serait probablement sa dernière. Elle lui avait dit à quel point elle trouvait injuste qu'elle soit si malchanceuse, qu'elle aurait dû faire plus attention, qu'elle faisait si rarement l'amour avec Sam depuis deux mois qu'elle n'aurait jamais pensé que cela eût pu se produire.

Olivia la laissa parler, pleurer, s'interroger, tout en dirigeant subtilement par le rythme de ses silences le raisonnement de Lili. Puis, à la fin du monologue de celle-ci, Olivia lança la phrase suivante :

« Lili. Je ne peux te dire ce que tu dois faire. Si tu dois le garder ou pas. Mais une chose est certaine, tu dois prendre une décision en tenant compte de Tom aussi. Si tu gardes le bébé et que Sam s'avère ne pas être présent, qu'adviendra-t-il de Tom ? Peux-tu être une mère présente pour lui, à travers tes tournages et tes tourments, et aussi pour un bébé ? Et surtout, qu'en pense Samir ?

— Je ne le lui ai pas dit encore. »

Olivia cacha sa surprise.

« D'accord. Et sais-tu pourquoi ?

— Parce que je sais ce qu'il va me dire.

— Comment peux-tu en être certaine ?

— Parce que je commence à connaître la façon dont il agit lorsqu'il est trop stressé. Il agit comme un amoureux fantôme qui vient me voir uniquement pour s'assurer que je ne partirai pas, pour me garder sous son emprise même s'il ne peut rien me donner de concret, et il n'assume pas du tout le fait d'avoir quitté sa femme pour être avec moi puisqu'en ce moment il n'est ni avec elle, ni avec moi. Comment veux-tu qu'il accueille le fait que je suis enceinte et, encore plus, que j'ai peut-être envie de le garder ?

— Wow ! Tu sembles sûre de toi lorsque tu avances tout ça. Et est-ce que sa façon d'agir avec toi, si elle est fidèle à ce que tu me décris, te plaît ? Te satisfait ?

— Bien évidemment que non !

— Mais tu te rends sans arrêt disponible pour lui. Tu restes avec lui. Malgré tout. »

Touché. Lili vivait en pleine dissonance. Et Olivia venait de le lui mettre sous le nez. Lili eut envie de prendre ses affaires et de s'en aller. Mais elle était habituée à la thérapie. Elle savait que cela arrivait dès que sa psy posait le doigt directement sur quelque chose d'elle-même ou de sa vie qui ne lui plaisait pas mais qu'elle se sentait incapable d'améliorer ou de changer. Elle préférait parfois le déni à la vérité. Lili ravala sa salive.

« Oui. Je reste avec.

— Pourquoi alors, si tu sais qu'il n'est pas bon pour toi ? Je vais te donner un exemple. »

Olivia saisit la tasse de café sur la table basse à côté de son fauteuil. Elle fit mine de boire dedans.

« Ewwww. Ce café est dégueulasse. Il est horrible. »

Elle fit mine de prendre une autre gorgée, puis une autre. Et poursuivit :

« C'est le pire café que j'aie bu de toute ma vie. Quelle horreur ! »

Elle continua à faire semblant de tremper ses lèvres dedans.

« Est-ce que tu comprends que c'est exactement ce que tu es en train de faire, Lili ?

— Pas exactement, non, parce que, lorsque je vois Sam, je sais que je l'aime. Je n'arrive pas à m'empêcher de retourner dans ses bras.

— Oui. D'accord. Mais à quel prix ? Je te laisse penser à cela. Moins on en a, plus on en veut. Il te donne des miettes, et cela te maintient à sa disposition. L'amour que tu ressens envers lui te coûte ton amour-propre. Lili, je t'en prie. Je ne suis pas à ta place, je ne te dirai pas quoi faire. Mais sauve ta peau. Tu es en train de t'embourber dans un *pattern* de relation toxique. Encore une fois. Et il y a de la vie au creux de ton ventre. Réfléchis bien à ce qu'il y a de mieux pour Tom et pour toi. Et s'il te plaît, dis à Sam que tu es enceinte. Sa réaction sera ce qu'elle sera, ta décision t'appartiendra, mais il est le père du bébé, et la moindre des choses est qu'il soit mis au courant de la situation. »

Lili paya sa psy et l'embrassa sur les joues avant de partir.

Olivia, disposant de cinq petites minutes avant son prochain client, se rassit sur son fauteuil et prit sa tête entre ses mains. Elle savait très bien qu'il fallait garder une séparation franche et claire entre les histoires que lui racontaient ses clients et celles qu'elle-même vivait, mais elle ne pouvait s'empêcher d'envier Lili d'avoir la fertilité aussi facile.

Combien de fois s'était-elle fait inséminer, du temps où elle était avec Aurélie, de dix ans son aînée ? Douze, quinze fois ? Elle n'avait jamais pu tomber enceinte. Et après trois tentatives *in vitro*, elles avaient mis le projet de côté. Puis Aurélie l'avait quittée peu après.

Lili se rendait-elle compte de la chance qu'elle avait ? Qu'il n'y avait de malchance que ce qu'elle choisissait de nommer ainsi ? Qu'elle était si belle et remplie de vie qu'elle pouvait avoir tout ce qu'elle désirait, qu'elle méritait cent fois mieux que ce qu'elle avait choisi et qu'il fallait à tout prix qu'elle se débarrasse de toutes ces idées noires qu'elle entretenait à son propre sujet ?

Puis la sonnette retentit. Olivia se releva, rajusta sa jupe et, faisant preuve du plus grand professionnalisme, alla accueillir son client.

Chapitre vingt et un

Louis s'en faisait de plus en plus pour Lili. Lorsqu'il était allée la voir, quelques jours auparavant, il l'avait trouvée pâle et mal en point, mais voilà qu'elle ne répondait même plus à ses courriels, qu'elle ne le rappelait pas et qu'elle refusait toutes ses propositions d'auditions. Un matin, il décida à nouveau de lui rendre visite. Il sonna à sa porte et Lili lui ouvrit, encore en pyjama. Elle l'accueillit, avec une moue surprise, et lui fit signe de la suivre dans la cuisine, où elle lui préparerait un café. Le petit Tom regardait des dessins animés à la télévision, une bouillotte posée sur le ventre.

« Lili, qu'est-ce qui t'arrive ? »

Elle tourna autour du pot, inventant toutes sortes d'excuses, une mononucléose, des maux de ventre, un *burn-out*. Elle avait honte de la vérité. Honte d'avoir laissé une autre histoire d'amour prendre ainsi le dessus de sa vie. Alors elle préférait s'en remettre à des mensonges. Puis Louis lui pressa la main et lui dit :

« Lili, s'il te plaît, on travaille ensemble. J'ai besoin de savoir ce qu'il t'arrive pour qu'on ne se tire pas une balle dans le pied. Si tu as besoin de temps, c'est correct, c'est normal, je comprends. Mais tu me dois la vérité. Nous en avons vu d'autres ensemble. »

Louis était un bel homme, grand, des cheveux blonds presque roux et une fière allure, emplie d'une confiance saine. Ils s'étaient aimés le temps d'une nuit, bien des années auparavant. Louis s'était depuis remarié avec son ex-femme. Il lui arrivait d'avoir parfois quelques écarts de conduite, mais cela ne l'empêchait pas d'aimer sincèrement sa femme et de ne jamais avoir eu l'intention de la quitter.

Lili lui raconta tout. Depuis ses débuts avec Samir jusqu'à l'annonce de sa grossesse. Louis l'écouta sans broncher. Pauvre petite Lili. Elle avait le don de se mettre dans de beaux draps. Il jeta un coup d'œil à Tom, qui, d'une certaine façon, payait pour l'instabilité émotionnelle de sa mère. Louis demanda à Lili si elle souhaitait prendre du temps sans travailler pour se remettre sur pied, pour s'aligner, et celle-ci lui répondit sèchement que non, que le seul moment où elle arrivait à ne pas penser à Sam, c'était lorsqu'elle se trouvait sur un plateau de tournage et que l'attention de tous était tournée vers elle. Que c'était l'unique endroit où elle se sentait encore en pleine possession de ses moyens. Louis acquiesça et resta avec elle une bonne partie de la journée, à cuisiner et à jouer avec Tom. Lili remercia le ciel d'avoir un tel ami.

Avant de partir, Louis lui promit de revenir le lendemain prendre de ses nouvelles et lui suggéra fortement de parler à Samir de sa grossesse.

Lili l'étreignit longuement et se dirigea vers sa voiture. Elle avait besoin d'aller faire l'épicerie et laissait parfois Tom seul à la maison, puisque la voisine du haut ne quittait jamais son appartement et pouvait surveiller son fils. Elle voulait se perdre dans les rayons de fruits et de légumes, entre leurs couleurs et leurs parfums, et oublier, un instant, la futilité de ses problèmes par rapport à l'immensité de l'univers.

Louis revint le lendemain et resta moins longtemps, mais le fait d'avoir une présence masculine à ses côtés, d'avoir un homme qui jouait avec son fils, l'aidait à se sentir plus femme et moins loque. Elle le remercia tendrement et regretta un peu qu'il fût marié et père de famille. Elle avait appris sa leçon, elle ne toucherait plus jamais aux hommes déjà pris.

Et là, debout dans sa cuisine en observant son ami et son fils qui jouaient ensemble, elle se sentit coupable, extrêmement coupable, et responsable d'avoir détruit la famille d'une femme qui, qu'elle soit folle ou non, conne ou non, méchante ou non, avait eu, comme elle, envie de croire que l'amour pouvait durer éternellement. Si elle s'était refusée dès le début à Samir, celui-ci serait-il resté avec sa femme ? Quelle était sa part réelle de responsabilité dans la destruction de cette union ?

Ses pensées s'embrouillèrent encore plus et elle se mit à se répéter des choses insensées, qu'elle eut le malheur de commencer à croire… *Et si cette grossesse n'était que ce que je méritais ? Après tout, les risques étaient si faibles que je tombe enceinte et je le suis devenue… Et si le karma existait vraiment et qu'il me punissait jusqu'à ce que je sorte de cette relation bâtie sur le malheur d'une autre ?* La roue tournait. Lili était étourdie. Elle décida de téléphoner à la Dre Morin et lui demanda de lui recommander une clinique.

Sa décision avait été prise subitement, pour mettre un stop à tout ce questionnement et à l'angoisse qu'il lui causait. De toute façon, elle avait toujours fait ses choix sous l'élan de l'impulsivité, d'un instinct brut. Elle irait se faire avorter, et le plus tôt serait le mieux. Le dirait-elle à Samir ou non ? Elle verrait. Pour l'instant, il fallait qu'elle agisse ou cet entre-deux dans lequel elle s'enlisait finirait par la rendre folle, elle aussi.

Chapitre vingt-deux

Elle détestait tout de cet endroit. Le sourire un peu trop bien-veillant de la réceptionniste, les affiches dans la salle d'attente qui énuméraient les infections transmissibles sexuellement, les dépliants sur les ressources disponibles pour les mères célibataires, les chaises vertes et l'escalier de bois qui mon-tait vers la pièce où on lui aspirerait son bébé. Christiane, la réceptionniste, comme il était inscrit sur l'épinglette sur sa chemise, lui tendit un paquet de feuilles à remplir. Lili écrivit machinalement. Elle avait dressé une barrière entre elle et ses émotions, du moins pour cette journée, ayant pris des Ativan au déjeuner et ayant fumé tout le long du trajet entre le métro et la clinique. Elle rentrerait chez elle en taxi. Elle n'avait dit à personne où elle allait aujourd'hui, pas même à Louis ou à Charlotte, et surtout pas à Samir. Il ne saurait jamais qu'elle était tombée enceinte de lui. Jamais.

On l'appela à l'interphone. Lili Blumenthal. Elle se rendit mécaniquement à l'étage. Le médecin se présenta. C'était un homme, le Dr Senzalone. Elle le trouva beau et cela l'amusa. Tout ce qui pouvait lui procurer un peu de joie, elle le pre-nait. Il lui expliqua en quoi consisterait l'intervention puis l'invita à s'allonger sur la table. Lili se sentit défaillir et se mit à pleurer. L'infirmière lui prit la main et lui murmura : « Ça va aller. Mais si vous êtes ici, c'est parce que quelque chose vous empêche de le garder. Et ce quelque chose, aussi infime puisse-t-il vous paraître, est assez grand pour que vous ayez pris cette décision. Ne vous en voulez pas. Et il est encore temps d'y réfléchir. »

Lili ne voulait pas se laisser entraîner dans le doute. Si elle y replongeait, elle serait foutue. Non. Elle se ferait avorter. Samir ne le saurait jamais et basta. Elle ne voulait pas reculer. Elle indiqua au médecin de procéder.

Il lui fit respirer du protoxyde d'azote, et cela eut pour effet de la détendre. Puis il commença l'intervention. Au moment où elle le sentit en train de gratter les derniers débris de son bébé à l'intérieur de son ventre, ses larmes coulèrent abondamment. Elle ne pouvait plus cesser de pleurer. Elle pensait à toutes ces femmes qui auraient tout donné pour pouvoir avoir un enfant. Et elle avait fait le choix délibéré de mettre fin à cette vie qui s'était infiltrée en elle. La douce infirmière l'accompagna dans la salle de repos et lui énonça la marche à suivre pour les jours à venir. « Surtout, pas de doigts, pas de tampons et pas de pénis dans votre vagin, mademoiselle. »

Lili, toujours sous l'emprise du gaz, se laissa enrober par sa douleur dans une espèce de ouate qui la réconforta dans son malheur. Elle se mit à rire toute seule. « Eh bien, puisque ça ne peut pas aller plus mal, ça ne peut que remonter ! »

Une heure plus tard, elle héla un taxi et alla chercher Tom à l'école.

Elle enfouit sa tête dans les cheveux de son fils. Elle huma son odeur de grand bébé, elle l'embrassa.

Qu'était-elle en train de faire d'elle-même ?

Elle allait finir par passer à côté de sa propre vie.

Ce qui pour une autre semblait si simple, plaquer ce mec et sauver sa peau, était pour elle une montagne à franchir.

Elle passa une soirée en tête à tête avec son fils. Elle joua aux cartes avec lui, le dorlota, faisant fi des quelques crampes qui persistaient dans son bas-ventre et du sang qui coulait encore de son entrejambe.

Tom paraissait heureux, il n'avait aucune conscience de ce que traversait sa mère. Il lui souriait et riait, il la menaçait de sa petite voix de la chatouiller et il s'exécutait, toujours avec son rire d'enfant. Il lui montrait ses devoirs et ses dessins, il lui disait : « Je t'aime, maman ! »

De toute la soirée, Lili ne regarda pas son téléphone une seule fois. Elle n'y pensa même pas. Il y avait longtemps qu'elle ne s'était pas sentie aussi libre.

Après avoir couché Tom, elle s'assit à l'indienne sur le parquet de bois de son salon. Elle avait le vertige, elle se voyait de haut, au bord d'un précipice immense dont elle ne discernait pas la fin.

Tout était allé trop loin.

Elle avait peur. Si peur. Peur d'être seule, peur de ne plus jamais être aimée à nouveau, peur de s'ennuyer de Sam à en mourir, peur de le regretter, peur de le quitter lorsqu'elle était peut-être presque au bout de ses peines, peur de mourir de chagrin, peur de vieillir, peur de tout.

Cette peur démesurée s'emparait de chacune des cellules de son corps, elle la ressentait dans tous ses membres, dans son sternum, ça lui faisait mal, ça la paralysait.

Elle ferma les yeux et décida qu'il était temps que ça cesse.

Au bout du compte, elle n'avait plus rien à perdre.

Cela lui coûta toute l'énergie qui lui restait après le choc de l'avortement subi la journée même. Mais elle se leva, attrapa son téléphone sur le comptoir de la cuisine et écrivit machinalement la chose suivante : « Sam, je suis désolée. Je sais ce que tu traverses en ce moment. Mais je ne peux plus le vivre. Je dois te quitter. Je dois m'occuper de Tom et, surtout, de moi-même. Je t'aime, mais je n'en peux plus. Je ne te souhaite que du bonheur. »

Elle appuya sur le bouton *Send* avant que son cœur lui joue un mauvais tour et la pousse à effacer le message.

Puis elle alla dans la section *Contacts* de l'iPhone et bloqua le numéro de Sam.

Elle ne voulait pas savoir s'il lui répondrait ou pas.

Et s'il le faisait, elle refusait de voir sa réponse.

Elle désirait qu'il disparaisse de la surface de son monde à tout jamais, en effacer chacune des traces dans sa vie, ne lui souhaitait que du bien, un peu de douleur tout de même, juste pour dire, mais somme toute elle voulait aussi son bonheur.

Non. Elle changea d'idée.

À vrai dire, désormais, elle ne voudrait que son propre bonheur à elle.

Qu'il aille se faire foutre.

C'était fini avec lui et elle préférait mille fois traverser seule les tempêtes d'un chagrin qu'elle craignait de voir lui rebondir en plein visage que de vivre perpétuellement entre deux chaises, à la merci des humeurs d'un homme qui n'accordait pas la priorité à leur histoire et d'une femme qui avait choisi de la détester à tout jamais.

Elle s'interrogea brièvement pour savoir si ce soudain courage n'était pas le résultat du fameux protoxyde d'azote qu'elle avait tant aimé recevoir la journée même mais refusa d'y penser trop longtemps. Il ne servait plus à rien de chercher à comprendre le pourquoi du comment. Parfois, il faut foncer sous le seul coup de l'instinct, surtout quand c'est l'instinct de survie qui parle.

Elle était fière d'elle-même et décida de surfer sur ce sentiment positif pour se faire du bien. Elle prit un long bain chaud pour sentir l'eau sur sa peau comme si c'étaient les mains d'un homme qu'elle rencontrerait un jour et qui saurait l'aimer.

Elle mit son disque préféré de John Mayer, *Continuum*, se déshabilla, jetant ses vêtements dans le panier de lavage avec l'allure d'une joueuse de basket, puis se dirigea vers la salle de bain et fit couler l'eau de longues minutes, laissant la pièce s'emplir d'une vapeur chaleureuse, avant de s'engouffrer dans la baignoire.

Elle n'entendit pas la porte arrière s'ouvrir, ni les pas de Sam qui entra dans l'appartement.

Les haut-parleurs diffusaient la pièce *Slow Dancing in a Burning Room* à tout rompre. Lili chantait. *You try to hit me, just to hurt me so you leave me feeling dirty 'cause you can't understand.* Elle sourit intérieurement en fredonnant ces paroles. *Oh, quel hasard ! Ma vie en chanson, encore une fois.*

Après une bonne demi-heure passée dans sa baignoire, elle en sortit et enveloppa ses longs cheveux qui sentaient maintenant le romarin et la menthe dans une serviette qu'elle remonta sur sa tête comme elle avait l'habitude de le faire. Elle prit le temps d'enduire son corps d'une lotion aux mêmes effluves que son shampoing et apprécia la caresse de ses mains sur sa peau, invitant une nouvelle sérénité qu'elle souhaitait voir s'installer en elle après sa décision de quitter Sam une bonne fois pour toutes.

Elle s'enroula dans une serviette qu'elle noua sous son aisselle et ouvrit la porte de la salle de bain.

Son cœur manqua un battement quand elle aperçut Sam, debout dans le corridor. Muet, immobile, il respirait à peine. Lili poussa un cri traduisant à la fois sa surprise, sa peur et sa colère. Et aussi une certaine once de joie, presque imperceptible mais présente tout de même, de l'y voir. Il tenait à elle…

Il était revenu.

« Mais tu es fou ou quoi ? J'ai failli avoir une crise cardiaque ! Que fais-tu ici ?

— Non. C'est moi qui ai failli avoir une crise cardiaque tout à l'heure, lorsque tu m'as laissé… par texto… de la manière la plus lâche qui soit. »

Lili pivota sur elle-même, lui tournant le dos afin qu'il ne puisse remarquer qu'elle tremblait légèrement. Peut-être de froid, mais aussi d'un mélange de peur et d'excitation. L'excitation d'avoir enfin provoqué chez lui une réaction.

« Je ne t'ai pas laissé parce que je ne t'aimais plus. Ne te rends-tu compte de rien ? Je t'aime comme une folle. Et c'est ça, le problème. Tu n'es pas bon pour moi. Mais je ne t'en veux pas. Je sais à quel point tu es occupé, à quel point ta vie t'accapare, entre les menaces de ton ex-femme et ta boîte que tu dois sauver parce que le travail, c'est ce qu'il y a de plus noble, de plus louable… Tu viens ici, tu me baises, comme si je n'étais qu'une simple histoire passagère. Tu me caches à ta famille, tu refuses que je rencontre ta fille, tu me fais des promesses que tu ne tiens pas, mais tu as le don de toujours en sortir de nouvelles, juste ce qu'il faut pour me garder. Comme l'âne et la *fucking* carotte qu'on lui pend au nez pour le faire avancer. Je suis peut-être fragile, Sam, je suis peut-être une éternelle romantique et, oui, je donne beaucoup trop de place à l'amour dans ma vie. Mais tu sais quoi ? Au moins, j'ai envie d'aimer. D'être là pour quelqu'un d'autre. De partager. De vivre des choses en commun, d'essayer au moins. *Fuck*, Sam. D'ESSAYER ! »

Elle avait hurlé le dernier mot. Elle continua :

« Et tiens, aujourd'hui, enfin tu réagis ! Tu réagis pourquoi ? Parce que finalement je m'en vais ? Parce que je veux sauver ma peau ? Parce que tu perds ton joujou ? Parce que tu es incapable d'assumer entièrement que, oui, tu sais quoi, ta famille nucléaire, elle est brisée, et elle ne reviendra plus jamais ? Tu ne vois pas que tu me tues à petit feu ? Et qu'en réalité ce n'est pas que je t'aime trop, mais c'est que tu ne m'aimes tellement pas assez que tout ce que je fais, c'est trop, *anyway* ? *Fuck you*, Sam. »

Sam plissa les yeux et osa la rejoindre. Il lui attrapa les épaules et la força à se retourner vers lui. Elle lui faisait désormais face, contre son gré. Il la maintenait en place avec le poids de ses mains sur sa frêle stature. Un frisson la parcourut. Elle le sentait différent, trop sûr de lui-même. Il ne disait rien, mais il respirait fortement. Il lui sembla soudainement plus grand que d'habitude, plus fort aussi, et la pression de ses doigts sur ses épaules lui inspira un mouvement de dédain. Elle eut un élan brusque vers l'avant et se dirigea vers sa chambre. Il la suivit. Il se tenait maintenant dans l'embrasure de la porte.

« N'avance pas, Sam. N'entre pas dans ma chambre. »

Sam obéit, tout en continuant de la fixer intensément, conférant à ses yeux un bleu plus transparent que jamais. Puis il sortit quelque chose de la poche arrière de son jeans.

Lili reconnut son propre iPhone.

« Eh ! Tu fais quoi avec ça ? »

Il ne répondit pas. Lili ne se souvenait pas de lui avoir déjà donné le code, mais apparemment il ne s'était pas gêné pour trouver une façon d'en éplucher le contenu.

« C'est qui, Louis ? Et Terry ? Et Collin ? »

Il énumérait ces prénoms comme s'il était devenu Sherlock Holmes, en plissant les paupières. Lili était dégoûtée.

« Pardon ? Mais à quoi tu joues, là ? Ce sont mes amis. Depuis quand tu fouilles dans mon téléphone ? Sais-tu le nombre de fois où je t'ai vu texter avec tes actrices et avec ton ex ? Depuis mon propre lit ? Combien de fois as-tu répondu au téléphone pendant même qu'on était en train de faire l'amour ? Au cas où ce serait le travail ? Est-ce que je t'ai déjà posé une seule question ? Je t'ai fait confiance. Aveuglément. Même si, sérieusement, je ne saurai jamais si tu as recouché avec Vanessa ou pas. Parce que tes vérités sont pas mal toutes des demi-vérités, et tes mensonges, la plupart du temps, ce sont des mensonges entiers. Et parce que, franchement, je crois fortement que si tu as été capable de me prendre après un tournage, sans dire un seul mot, dans ma loge, il se pourrait très bien que tu aies répété l'expérience avec Yasmine, ta super comédienne "trop géniale", ou avec Nicoletta, ta réceptionniste bouboule, qui t'appelait à tout bout de champ sous prétexte d'une "urgence au travail". Ou bien avec Vanessa, même, pendant les fêtes ! Ou bien, qui sait, avec une maquilleuse, une régisseuse de plateau, une concessionnaire automobile, avec ton avocate, avec ta voisine… Avec toi, tout est possible, Sam !

« Et en fait, tu sais quoi, je m'entends parler en ce moment, et je sais pertinemment que la vraie conne dans cette histoire, c'est moi. Parce que je suis restée. Parce que je l'ai accepté. Au nom de la compassion que j'avais envers ce que tu traversais, au nom de ton divorce, parce que moi aussi j'ai divorcé et je sais à quel point c'est chiant de se séparer, au nom des promesses que j'étais certaine que tu tiendrais. »

Lili omit volontairement de mentionner que, si elle ne l'avait pas quitté pendant tout ce temps, c'était parce qu'elle avait une peur bleue de se retrouver seule. D'avoir à composer avec une incertitude de plus dans sa vie. De ne pas avoir de destination vers laquelle aller. Qu'elle ne l'avait pas quitté parce qu'elle craignait de ne plus jamais retomber amoureuse de la sorte, parce que la passion la nourrissait, parce qu'elle s'était habituée aux amours impossibles et qu'à sa manière elle aimait ça, c'était devenu une zone connue pour elle. Parce qu'elle ne se trouvait ni belle, ni résiliente, parce qu'elle avait tant voulu redonner un père à Tom, parce qu'elle s'était investie corps et âme avec Sam et qu'elle ne pourrait supporter un échec amoureux de plus. Que tout ça l'avait maintenue dans une relation qui justifiait un peu la faible estime qu'elle avait d'elle-même. Que son *pattern*, c'était de ne jamais avoir l'impression de valoir la peine, et qu'elle se sentait exactement comme ça avec lui. Elle ne valait jamais assez la peine pour qu'il reste à ses côtés, pour qu'il dorme chez elle, pour qu'il l'emmène chez ses parents, pour qu'il la choisisse, elle, plutôt que le reste. Et cela confirmait ce qu'elle avait toujours pensé d'elle-même, ce *pattern* qu'elle s'employait depuis des années à faire disparaître de sa psyché.

Sam était bouche bée. Il ne bougeait pas. Il ne parlait pas. Il ne reconnaissait plus Lili. Elle poursuivit :

« Je n'ai jamais exigé de lire tous ces messages que tu envoyais jour et nuit à ton ex et à tes actrices. Même si j'ai eu toutes les raisons du monde de penser que c'était plus que du boulot, votre truc. Je dois me retirer de l'équation, Sam. C'est probablement la chose la plus difficile que j'aurai à faire de toute ma vie, mais c'est la seule option pour nous. Jamais Vanessa ne te laissera être heureux tant que je serai dans le portrait. Jamais elle ne te pardonnera. Tout ça est devenu complètement insoutenable. Ta fille n'aura jamais droit à une mère entière, à une mère sereine tant que je partagerai ta vie. Vanessa l'utilise et continuera de l'utiliser tant qu'elle n'acceptera pas que votre mariage n'a pas fonctionné, et surtout tant qu'elle croira que je suis la seule et unique cause de votre rupture. Et tu sais quoi ? Elle le croira toujours. Cette femme est bien trop imbue d'elle-même pour imaginer ne serait-ce qu'un seul instant qu'elle ait pu avoir un rôle à jouer dans l'échec de son mariage. Je te veux encore, Sam, je ne sais même plus pourquoi parce que, bien franchement, ma vie ressemble à un désastre depuis que nous sommes ensemble, mais *fuck*, tu me fais cet effet-là. Mais je n'ai plus le choix. Tu n'as pas été capable de nous protéger. Tu n'as pas été capable de mettre tes limites avec Vanessa. Moi, je dois protéger Tom. Quel exemple est-ce que je lui donne en restant avec toi ? Qu'on peut traiter une femme comme on veut et que c'est normal qu'elle l'accepte ? Tu sais quoi ? Je ne t'en veux pas. Parce que toute relation se joue à deux. Ce n'est pas tant à propos de la façon dont tu as agi envers moi, mais plutôt à propos de la façon dont j'ai consenti silencieusement. En fait, tout ça, c'est aussi de ma faute ! Alors pourquoi suis-je en train de crier après toi ? Ça devrait être simple, Sam. L'amour, ça devrait être simple. Ça devrait faire pousser des ailes au lieu de les plomber. Ça devrait être un plus, et non un moins ! Maintenant, je vais te demander de partir. Et ça va être fichûment dur pour moi parce que tu sais quoi ? Je suis tellement conne que je pourrais espérer encore malgré tout ! Et mon plus grand défi là-dedans, c'est de me choisir au lieu de te préférer à mon bien-être. Alors je te demande de t'en aller et, si tu m'as déjà aimée, ne serait-ce qu'une fraction de seconde, je te prierais de ne plus jamais me contacter. Et, oui, peut-être qu'un jour on se reverra et qu'on pourra être, je ne sais pas, moi, amis, quoique je n'y croie pas tant que ça. Mais pour l'instant, c'est mieux qu'on ne se voie plus. J'ai besoin de guérir, j'ai besoin de me retrouver. »

Sam restait pantois. Jamais il n'avait vu Lili être habitée par une telle force auparavant. Quelle mouche l'avait piquée ? Voyant qu'il ne répondait rien et qu'il ne bougeait pas, tout abasourdi qu'il était, Lili se risqua à lui annoncer qu'elle avait été enceinte de lui. Et qu'elle ne l'était plus. Après tout, elle n'avait plus rien à perdre. Et en son for intérieur, parce qu'elle avait l'habitude gravée en elle de tout dramatiser, elle savait que cela ajouterait du poids à ses propos. Elle ne pouvait s'empêcher d'aimer ce qui était dramatique, elle avait grandi dans le drame, c'était ce qu'elle connaissait.

« Et tu sais quoi, Sam ? Aujourd'hui, je me suis fait avorter. De ton bébé. Et je ne te l'ai pas dit parce que tu es tellement loin de moi, tu es tellement ailleurs que ça n'aurait rien changé. Et que j'aurais eu bien trop peur de ta réaction. Tu aurais été froid, indifférent peut-être, et ça, je ne l'aurais pas supporté. Mais tu sais quoi ? C'est terminé, alors tu peux réagir comme tu veux, ça ne changera plus rien. »

Sam accusa le coup. Il s'attendait à tout, sauf à cela. Il recula et s'effondra sur un fauteuil, parce que, malgré tout, il était un homme de cœur, un homme de famille, et qu'à travers ses actions il n'avait jamais consciemment cherché à faire du mal. Cette déclaration lui fit l'effet d'une gifle en plein visage. Après avoir gardé le silence pendant près de deux minutes, il fut tiraillé entre le besoin criant de se défendre et d'avoir raison, de reprendre le dessus sur le déroulement des choses, et celui de s'abandonner aux erreurs qu'il avait vraisemblablement commises. La première option des deux l'emporta puisqu'il chercha, malgré les larmes de Lili, à la coincer quelque part, parce qu'après tout il ne pourrait supporter d'être dans le tort.

Il n'y a que les gens fort équilibrés qui sont en mesure d'accepter le fait qu'ils font des erreurs. Les autres préfèrent le nier. C'est plus facile. Et surtout, ça permet d'éviter un face-à-face avec soi-même qu'il n'est pas donné à tous d'être capable d'assumer. Sam reprit ses esprits et aboya, sur la défensive :

« C'est impossible, Lili. Tu mens. Tu m'as dit que ton cycle était hyper-régulier et que tu comptais minutieusement les jours. Et moi, je t'ai crue. Bêtement. Parce que, apparemment, soit tu m'as menti en me disant que tu la prenais et ton vrai souhait était de faire un bébé dans mon dos, soit tu es en train de me mentir à l'instant en me disant que tu t'es fait avorter. »

Il s'arrêta, plissa les yeux et poursuivit, d'un air mauvais :

« Et qui me dit que ce bébé, c'est le mien… hein ? Louis, Collin et tous tes contacts, là, dans ton iPhone, ils sont bien baisables aussi, non ? En fait, je commence à voir clair dans ton petit jeu, Lili. »

Il se souvint de ce que Vanessa lui avait dit à propos de l'homme qui s'était pointé chez Lili, après qu'elle eut elle-même récolté les rapports de pseudo-détective privé de Dino.

Sam se leva de la chaise et se dirigea vers elle, en soutenant son regard. Il continua de parler :

« Et cet homme qui vient te voir ici de temps en temps…

— Qui ? Louis ? Mais c'est mon agent et tu le sais !

— Ah oui ? Ce n'est pas parce que c'est ton agent que tu ne couches pas avec lui, n'est-ce pas ? Je vais te dire, moi. Tu me mets le bébé sur le dos parce que tu ne veux pas perdre ton travail… Et que c'est plus facile de m'accuser que de brouiller tes cartes avec cet imbécile d'agent qui n'est même pas en mesure de t'obtenir un vrai rôle, un rôle dans lequel tu pourrais enfin te démarquer. »

Sam insista en débitant toutes les méchancetés qu'il pouvait trouver.

« En tout cas, c'est dommage que tu cherches à me quitter maintenant, j'allais justement te proposer un rôle digne de ce nom. Dans mon nouveau film, tu aurais eu le premier rôle, j'ai des investisseurs étrangers, une promesse de première à Tribeca, j'allais te propulser au sommet, Lili. Et puis, j'avais parlé à mon père et il avait hâte de te rencontrer dans trois semaines pour mon anniversaire. Mais tu sais quoi ? Tant pis. Tu veux me quitter, alors c'est bon. Juste quand j'étais finalement prêt. Juste quand j'allais te dire que les papiers de divorce vont être signés sous peu. Et en plus… Tu me trompes et tu me mens, et tu essaies de me faire passer la grossesse sur le dos. Au fond, tu es comme toutes les autres. J'aurais dû le savoir. Ma famille m'avait averti. J'aurais dû l'écouter. »

Lili reçut le couteau en plein cœur. Jamais elle n'aurait pu s'imaginer que Sam était capable d'une telle méchanceté. De tout renverser pour reprendre le dessus, encore une fois, pour l'écraser, pour s'en laver les mains, se déresponsabiliser, se déculpabiliser. Elle venait de s'ouvrir le cœur, de le déballer sur la table, devant lui, de se faire avorter. D'une certaine façon, si elle le lui avait dit, c'était parce que quelque part elle avait espéré que ça les sauverait, que ce serait une solution de dernier recours, qu'il la serrerait dans ses bras, qu'il lui caresserait les cheveux, qu'il lui dirait qu'il l'aimait, qu'il regrettait ses agissements passés, qu'il lui proposerait de recommencer à neuf, de fonder une famille avec elle, qu'il lui promettrait de lui faire un autre bébé, qu'il la consolerait, bref, qu'il serait pour une fois un peu moins indifférent et froid. Et voilà qu'il leur avait asséné le coup final. Ses yeux s'embuèrent, et elle le dévisagea comme pour s'assurer qu'il pensait réellement ce qu'il venait de dire. Puis elle se retourna, attrapa un manteau sur la patère de l'entrée, l'enfila sur son corps nu et humide que ne recouvrait qu'une serviette, saisit son paquet de cigarettes et sortit sur le balcon pour fumer. Fumer et fumer. Ses doigts tremblaient de froid et d'émotion. Elle n'osa pas regarder par la fenêtre pour voir si Sam était parti. Plus il était méchant avec elle, plus elle avait envie d'aller vers lui, de voir si c'était vraiment ce qu'il pensait ou si elle avait encore une chance de lui faire entendre raison. Sam la rejoignit dehors. Et au lieu d'entourer les épaules de Lili de ses bras, comme elle l'espérait, il continua de la marteler de ses propos, se positionnant cette fois-ci dans le rôle de la victime.

« Réalises-tu, Lili, que j'ai tout laissé pour toi ? Ma femme, ma maison, ma fille. J'ai failli perdre ma boîte. Et tu me mets dehors de ta vie ? En me mentant, en plus ? »

Lili s'enfuit dans la cuisine et referma la porte-fenêtre derrière elle. Samir la suivit. Tout son corps tremblait maintenant comme une feuille. Elle avait des crampes, son entrejambe saignait. Sous le coup de l'avortement, elle était faible. Samir aperçut les gouttes de sang qui lui coulaient entre les jambes. D'immenses sanglots la secouaient de haut en bas, il eut pitié d'elle.

Il était temps pour lui de partir, mais il ne s'en allait pas. Il voulait obtenir d'elle qu'elle plie, qu'elle regrette, qu'elle lui demande pardon. Il aimait cette sensation d'avoir raison, même lorsqu'il avait tort. Surtout lorsqu'il avait tort.

La sonnette de l'entrée retentit.

Un frisson traversa le corps de Lili. Peut-être était-ce Louis qui venait aux nouvelles, même si d'habitude il l'avertissait avant de passer si c'était en soirée. Lili se figea sur place. À travers la vitre floue, elle pouvait discerner une silhouette sombre, une personne dont elle ne parvenait pas à déterminer le sexe, camouflée dans un coton ouaté avec un capuchon rabattu sur la tête. *Un voleur junkie*, pensa-t-elle. *Eh merde. Pourquoi ça n'arrive qu'à moi, ces trucs-là ?* Sam enjoignit à Lili de téléphoner à la police. La silhouette frappait à la porte de coups de poing lourds et répétés. Sam n'ouvrit évidemment pas et referma la deuxième porte du vestibule, comme s'il s'agissait d'un bouclier à une éventuelle entrée par effraction. Lili s'exécuta pendant que les coups de poing se faisaient de plus en plus insistants. La préposée du 911 répondit et Lili n'eut même pas le temps de lui donner son adresse complète et de lui faire part de la situation qu'elle entendit le bruit d'une vitre qui éclatait en mille morceaux.

« Madame, s'il vous plaît. Je ne sais pas exactement ce qui se passe, mais quelqu'un est en train d'essayer de rentrer chez moi. Envoyez-moi une voiture, vite, s'il vous plaît! »

Lili poussa un autre cri et raccrocha.

La silhouette avait réussi à déverrouiller la porte en passant sa main à travers le carreau cassé. Samir tentait tant bien que mal de maintenir la deuxième porte fermée, mais la silhouette s'attaquait désormais à celle-ci, avec une violence plus forte que la résistance de Sam. À bout de forces, Samir laissa la porte s'ouvrir.

Vanessa se tenait devant eux, le poing ensanglanté, le capuchon toujours sur la tête. Au lieu d'essayer de la contrôler, Sam se mit à reculer, comme si c'était un zombie qui se tenait devant lui. Il n'en revenait pas. Vanessa. Que faisait sa femme ici? La main en sang, le visage défiguré par la haine et les larmes, plus maigre que jamais. Il eut profondément mal à cet instant. Qu'avait-il fait? C'était la mère de sa fille. Dans quel état ses agissements l'avaient-ils plongée? Il ne la reconnaissait plus du tout. Il se tourna l'espace d'une seconde et vit Lili, debout, toujours dans sa serviette, les jambes tachées du sang de l'enfant qu'elle venait d'avorter, son enfant, les yeux bouffis, les mains tremblantes, l'air horrifié et terrorisé. Et il s'en voulut terriblement. Qu'avait-il fait à cette jeune femme qui ne lui avait rien demandé au départ? À laquelle il avait promis monts et merveilles, monts et merveilles dont il ne disposait même pas, qu'il avait gardée en suspens pendant des mois, qu'il avait utilisée pour ses propres besoins affectifs, pour se sentir grandi, pour se donner une porte de sortie au lieu de prendre le temps et de faire l'effort d'essayer, au moins d'essayer de réparer son mariage, ou de quitter sa femme en douceur, sans y mêler une tierce personne. Ces remords l'assaillirent comme un raz-de-marée. C'était la première fois qu'il constatait dans toute son ampleur la gravité des choses qu'il avait laissées traîner.

Plus personne ne bougeait. Vanessa semblait avoir perdu le courage d'attaquer depuis qu'elle avait réussi à mettre les pieds dans la maison et qu'elle y avait vu son mari, la bouche grande ouverte, n'être capable d'aucun mouvement ni vers elle, ni vers Lili. Il était blanc comme un drap. Lili ne pouvait pas non plus croire jusqu'à quel point cette histoire était devenue hors de contrôle.

Ce qui devait être de l'amour avait réussi à devenir une guerre. Toutes les guerres du monde avaient-elles donc aussi pour origine un ego blessé ? Comment trois êtres de prime abord sensés et à la base bons s'étaient-ils laissé emporter par la puissance de leurs sentiments ? Au courant de cette histoire sans queue ni tête, Sam s'était transformé en menteur manipulateur, Vanessa commettait des actes illégaux, et Lili était devenue une vraie paumée. Un véritable bordel qui n'avait pas lieu d'être.

Ce fut Lili qui parla la première.

D'un ton presque calme, surprenant vu les circonstances, elle s'adressa à Vanessa.

« Vanessa, s'il te plaît, sors de chez moi. Maintenant. Mon fils peut se réveiller d'une minute à l'autre, évitons ce traumatisme à un enfant. »

Vanessa se mit à rire méchamment.

« Ha, ha ! Regarde qui parle ! Éviter un traumatisme à un enfant ? Regarde-toi, salope. N'as-tu pas conscience du traumatisme que TU as causé à mon enfant depuis que tu lui as enlevé son père ?

— Woooo. Je n'ai pas autant de pouvoir que ce que tu insinues. Son père est présent. Il est tout le temps avec elle. Je ne lui ai rien enlevé.

— Tu as détruit sa famille. Elle est traumatisée. Pour qui te prends-tu, à t'immiscer dans l'intimité des autres et à t'amuser à l'anéantir ? Sais-tu seulement le tort que tu nous as causé ? »

Lili interpella Samir.

« Sam. Dis quelque chose. C'est n'importe quoi. Je ne suis pas l'unique responsable de tout ce bordel, voyons ! Je ne suis pas la première pour qui un mari a quitté sa femme ! Dis quelque chose, Sam. Je t'en prie. »

Vanessa joignit sa voix à celle de Lili.

« Oui. Et toi, là-dedans ? Dis quelque chose. »

Samir, pris au dépourvu, même s'il savait très bien qu'il se tenait littéralement au milieu de ce triangle malsain, ne pouvait réagir. Il n'arrivait pas à assumer le fait qu'il avait profondément tort de commencer des histoires qu'il ne terminait pas correctement, ni d'un bord, ni de l'autre, de ne jamais régler les choses complètement. Autant il était efficace dans sa vie professionnelle, autant il ne l'était pas dans sa vie personnelle.

Il balbutia bêtement :

« C'est entre vous deux, les filles. »

Lili n'en revint pas.

Cette phrase, cette déresponsabilisation totale de la part de Samir, fut le coup de grâce qui la réveilla une fois pour toutes.

Il n'y avait réellement plus rien à faire. Le mieux pour elle serait de passer le plus rapidement possible au chapitre suivant de sa vie. Elle allait se remettre à crier à Vanessa de partir, avec Sam idéalement, lorsqu'ils entendirent tous les trois la sirène de l'auto-patrouille qui arrivait. Vanessa tenta de s'esquiver, mais il était trop tard, et la scène ne mentait pas. Du sang par terre, le carreau brisé, le poignet blessé, une femme à moitié nue, du sang sur les jambes, un homme abasourdi entre les deux, une autre qui, hystérique et poussée par la peur de se faire arrêter, recommençait à hurler des bêtises aux deux autres protagonistes. On la menotta, car elle ne se contrôlait plus.

Lili observait la scène en spectatrice, comme si elle n'en faisait plus partie. Elle s'était remise à trembler, à pleurer. Comment avait-elle pu laisser les choses aller jusque-là ?

Elle fut soudainement affligée d'une peine profonde pour Vanessa. Vanessa qui, comme elle, avait trop aimé et s'aimait trop peu elle-même pour que la raison arrive à maintenir son cœur à la bonne place. Vanessa qui, peu importe sa folie et sa rage, avait dû souffrir terriblement lorsque son mari l'avait trahie, quittée. Vanessa qui, au bout du compte, était comme elle une femme, une mère, un être de chair et d'os, une actrice, une émotive, une sensible, un cœur brisé.

Vanessa, c'était elle aussi. Elle ne pouvait plus la détester car, en la détestant, elle se faisait du tort à elle-même. La seule chose qu'il lui restait à faire, c'était d'apprendre une bonne fois pour toutes à changer. À s'aimer et à se respecter. C'était la seule façon d'aimer et de respecter sincèrement les autres.

Sam jeta un dernier regard à sa femme. Les policiers l'emmenèrent à l'extérieur pour lui poser des questions et prendre sa déposition pendant qu'une agente demanda à Lili de la suivre dans la cuisine pour faire de même. Après avoir décrit les événements aux policiers, Sam entra dans la maison et chercha à parler à Lili. Celle-ci, aux côtés de la policière, lui dit tout simplement, très calmement, sûre d'elle à cent pour cent pour la toute première fois dans sa relation avec lui : « Sam, tu peux t'en aller maintenant. C'est fini. »

Il ne se fit pas prier et suivit la policière.

Malgré tout le bruit, Tom ne s'était pas réveillé. Lili en fut intérieurement reconnaissante. Ce petit avait eu son lot de chamboulements. Elle avait appris sa leçon. Il était temps de tourner la page.

Chapitre vingt-trois

Lorsque les façades tombent, il ne reste pas grand-chose des murs. Des gravats. De la poussière. Des pierres et de la brique éparpillées. Les fantômes de ce que ces pierres ont déjà été hantent pour quelque temps les lieux puis finissent par s'en aller, las de n'avoir plus rien à y faire. Les structures se font et se défont. Les plus grands édifices seront un jour remplacés par d'autres.

C'est pourquoi il est avantageux de préférer la vie intangible qui se construit entre les murs, la vie qui grouille, la vie pleine de rêves, de ruptures et de cœurs qui se brisent et qui se recollent, entremêlés, la vie bourrée de réflexions qui remettent tout en question, d'interrogations et de doutes, la vie débordante de certitudes qui s'écroulent, d'espoirs et d'attentes, mais aussi de déceptions, bref, de préférer cette vie-là à celle où la mort s'infiltre insidieusement sous le couvert des jours sans joie.

Tant qu'il y a du mouvement, il y a de la vie, et tant qu'il y a de la vie, on peut toujours recommencer.

C'est ce que se répétait sans arrêt Lili pour s'aider à combattre les heures qui, la semaine suivante, passaient plus lentement que les autres. Celles qui s'imbibaient de solitude, d'ennui, de nostalgie, de regret, de peur ou de doute, de réveils nocturnes en sursaut et d'angoisse. Sa rupture l'avait laissée chancelante et elle aurait espéré que les heures qui se faisaient les plus pénibles s'effaceraient plus rapidement. Les événements violents qui s'étaient déroulés chez elle la secouaient encore. Elle avait cru qu'en partant, en choisissant de faire ce qu'il y avait résolument de mieux pour le bien commun elle mettrait derrière elle une fois pour toutes les émotions difficiles qui la travaillaient depuis trop longtemps déjà, depuis qu'elle était tombée amoureuse de cet homme qui, même s'il s'était déclaré libre, ne le fut jamais réellement. Or, l'impossible confère à l'amour une couleur particulièrement attrayante. Et elle combattait chaque jour l'envie quasi irrésistible de le contacter de nouveau.

Elle en avait désormais la certitude. Quitter quelqu'un que l'on aime était plus éprouvant que d'être quitté par quelqu'un qui ne nous aime plus.

Mais il fallait qu'elle aille de l'avant, qu'elle lutte contre ces grands moments de vide qui se dressaient devant elle tels de vastes déserts dont on ne distinguait ni le début ni la fin.

On a tendance à vouloir retourner vers ce que l'on connaît. Un certain confort règne là où nos repères sont déjà posés.

Nos amours poussent sur nos troncs, s'embranchent à nos vies, s'abreuvent de nos racines. Ces amours, ces branches deviennent une partie de nous, nous rapprochent du ciel, servent d'écrin à un nid que nous construisons juste au-dessous des nuages. Puis, parfois, à cause d'orages répétés, du vent, ou tout simplement du poids de la vie, ces branches se brisent, ne laissant que des bouts d'elles-mêmes, là où elles se tenaient si fortes et si solides auparavant.

Puis, d'autres branches repousseront ailleurs ou un peu plus tard dans nos vies.

Un nouvel amour en efface un autre.

C'était à cette pensée que Lili s'accrochait pour passer à travers ses journées.

Il n'y avait plus d'autre issue possible que celle de partir, de fermer la porte à double tour et de ne plus jamais regarder en arrière.

Ce fut difficile à surmonter pour Lili, ça lui demandait pour la première fois de sa vie de se respecter, de s'engager envers elle-même, de ne pas flancher. Elle grandissait à travers tout ça. Elle reprendrait du poil de la bête.

Deux semaines plus tard, Lili emmena Tom au lac aux Castors, par un beau matin de fin d'hiver. Un soleil radieux faisait briller ses rayons sur la neige, un soleil qui annonçait un printemps hâtif et qui laissait flotter au-dessous de ses rayons une brise presque douce.

Charlotte et ses trois petits monstres vinrent les rejoindre. Ensemble, elles observèrent leurs garçons s'amuser, se tirailler, courir, tomber, se relever, pleurnicher, crier, rire et recommencer. Recommencer. Toujours recommencer. La vie est un éternel recommencement, même chez les plus petits.

Perdue dans ses réflexions à côté de sa meilleure amie qui hurlait aux enfants de faire attention, Lili ferma les yeux un instant pour mieux s'imbiber de la lumière du soleil.

C'est là qu'elle sut qu'elle pouvait arrêter de s'en faire.

C'est là qu'elle aima ce qu'elle était, qu'elle aima ce qu'elle voyait, qu'elle n'eut pas envie ni besoin de songer au futur.

Sam s'éloignait pour de bon de ses pensées et elle le remplaçait par des moments parfaits, des moments de grâce, des moments où aucune ombre ne venait planer au-dessus de son esprit.

Au fil des jours, ces moments parfaits se firent de plus en plus nombreux.

Et lorsque, de temps en temps, la solitude lui révélait un parfum de tristesse, elle le humait, le remerciait de lui rendre visite, car, grâce à celui-ci, elle saurait encore mieux apprécier les instants de joie.

Les jours s'égrenèrent et les semaines passèrent. Même si parfois, lorsqu'elle y pensait ou lorsqu'elle voyait des couples s'embrasser ou se tenir la main, elle était prise d'un soudain vertige, elle arrivait à se ressaisir et à ne pas sombrer.

En quittant Sam définitivement, elle s'était prouvé qu'elle était capable de déplacer des montagnes. Et en ne lui permettant pas de le regretter, la vie lui prouvait chaque jour qu'elle aussi savait bien faire son boulot.

ÉPILOGUE

Il s'appelait Jared, il était contrebassiste jazz et il venait tout juste de fêter ses quarante ans. Il vivait à Brooklyn, et Lili l'avait rencontré lors du voyage de *shower* de Charlotte, qui allait épouser son amoureux tout doux et tout attentionné, l'été suivant. Elles avaient décidé de partir une semaine, toutes les deux, toutes seules, laissant leurs enfants aux bons soins du fiancé, avec un sourire en coin lui signifiant qu'il s'agissait un peu d'un test.

Lili avait connu une année professionnelle sans précédent. Les projets s'étaient enchaînés, au grand bonheur de Louis qui la voyait finalement s'épanouir sur tous les plans. Et pour Lili, la meilleure façon de s'épanouir du côté de l'amour, c'était de prendre du temps pour elle. Pas de la même manière qu'elle l'avait fait avant de connaître Samir, pas avec la rigidité d'un pacte avec elle-même lui interdisant de fréquenter qui que ce soit. Mais tout naturellement. Avec l'aisance de ceux qui se sentent complets sans être en couple. Elle avait eu quelques amourettes, pour satisfaire son appétit sexuel, mais avait été capable de mettre les choses au clair dès le début et de le faire dans le plus grand respect de sa personne, et de l'autre.

À l'origine de ces transformations se trouvait donc cette sensation de liberté acquise peu à peu, jour après jour, après sa séparation avec Samir. Libérée de toute la pression de l'attente, de la vie dans l'entre-deux, elle était en mesure de mieux voir où elle se dirigeait.

Lors de leur deuxième soirée à New York, Charlotte entraîna son amie au Birdland, un club de jazz aux allures de cabaret, réputé pour les légendes qui y sont passées et pour sa contribution à la scène musicale de la Grosse Pomme.

Ce soir-là avait lieu un hommage à Duke Ellington, que Lili avait toujours adoré.

Les filles prirent place à une jolie petite table décorée d'une bougie, commandèrent deux verres de chianti. Avant de porter un toast, elles se regardèrent pendant un long moment avec un sourire qui en disait long sur tout ce qu'elles avaient eu à vivre l'une et l'autre dans les dernières années et sur leur joie d'être enfin passées à l'étape suivante de leur existence.

« Charlotte, c'est merveilleux ce qui t'arrive. Je t'aime. Je suis tellement heureuse pour toi. Longue vie à ton mariage, longue vie à ton bonheur, à votre bonheur à tous les deux… Ou plutôt à tous les cinq !

— Ha ! Oui ! Avec mes petits monstres, le bonheur est parsemé d'une multitude de rebondissements tous les jours, mais je ne l'échangerais pour rien au monde ! Et à toi, ma Lili ! Que puis-je te souhaiter ? À part l'amour, évidemment.

— En fait, Charlie, pour la première fois de ma vie, ce n'est plus nécessairement ça que je me souhaite. Ce que je me souhaite, d'abord et avant tout, et idéalement pour le plus longtemps possible, c'est la paix de l'esprit !

— Ah, bien c'est clair qu'on s'éloigne de l'amour, là ! »

Les deux amies éclatèrent de rire et trinquèrent à nouveau.

Puis les musiciens firent leur apparition sur scène et les conversations laissèrent place au silence. Aux premières notes de *Diminuendo in Blue*, son regard fut attiré par une silhouette.

Lili remarqua d'abord ses mains, ses grandes et magnifiques mains qui parcouraient les cordes de l'immense contrebasse. Puis elle arrêta son regard sur le visage de cet homme. Une barbe de trois jours, comme elle les aimait, de superbes yeux bleus, des cheveux peignés avec un laisser-aller digne de tout homme qui se préoccupe d'autre chose que de son unique apparence, un sourire radieux et sincère et, surtout, un déhanchement qui suivait le rythme de la musique qu'il marquait sur son instrument. Pas un déhanchement de danseur, mais le balancement irrégulier typique qui s'installe dans le corps d'un musicien lorsque celui-ci est emporté par les notes qu'il joue.

Les deux femmes étaient assises dans la première rangée.

Lili sourit au contrebassiste. Il lui rendit son sourire, entre deux chansons. Jared s'assit à leur table après le concert et, malgré la distance qui séparait les lieux où chacun d'entre eux avait grandi, ils se trouvèrent de nombreuses références communes liées à leur enfance, à leur adolescence. Des dessins animés, des disques écoutés jusqu'à ce qu'ils soient complètement rayés, des films. Lili sentait la chimie s'installer entre eux et, au lieu de l'inviter chez lui après la soirée, il proposa aux filles de leur faire visiter Brooklyn le lendemain.

Ce fut une semaine magique. Lili et Jared ne s'embrassèrent qu'à la fin de sa dernière soirée à New York. Ils s'entendirent pour se revoir dans le mois qui suivrait. Jared avait l'habitude de la route et des tournées, cela ne le dérangeait pas du tout d'avoir à conduire six heures pour la revoir.

Avec lui, Lili sentait qu'elle valait la peine. Et elle l'en remerciait intérieurement. Cela transparaissait dans leurs échanges.

Jared, au fil de leurs conversations téléphoniques et de ses visites à Montréal, lui offrait ce qu'elle savait désormais être la clé de son bonheur, cette tranquillité d'esprit tant souhaitée. C'était un type droit, respectueux, un bon vivant qui ne tombait pas dans les excès, ni du bord de la décadence ni de celui de l'austérité. Ils devinrent amoureux l'un de l'autre en se découvrant au fil de leurs éclats de rire, de leurs baisers dans le cou, de leurs regards complices, de leurs conversations qui portaient sur tout ce qui les fascinait tous les deux, la musique, le cinéma, la littérature, les voyages…

Avec lui, Lili apprenait, lentement mais sûrement, que l'amour ne devait pas nécessairement naître de la cuisse de l'interdit, de l'impossible ou du drame. Que ça prenait beaucoup plus que de la passion pour que l'amour voie le jour. Que la passion avait plus d'un tour dans son sac et était capable de naître entre deux êtres de manière subtile et heureuse.

Au fil des semaines s'était installé entre Lili et Jared le rythme d'une relation longue distance qui leur convenait à tous deux. La bonne dose d'indépendance et la bonne dose d'amour romantique.

Ils savaient qu'au moment où ils souhaiteraient fonder une famille ils auraient un choix à faire, que l'un d'entre eux déménagerait là où vivait l'autre, mais, pour l'instant, ils y allaient étape par étape et dégustaient chacune d'entre elles.

Ils avaient confiance l'un en l'autre parce qu'ils se respectaient. Jamais un mot déplacé ou une insulte ne s'infiltrait dans leurs conflits même s'il leur arrivait parfois de ne pas s'entendre sur quelque chose, ce qu'ils considéraient d'ailleurs comme étant normal dans toute relation. Comment deux êtres humains, avec un bagage, un milieu, une éducation, une culture et des expériences différents, pouvaient-ils être absolument d'accord à mille pour cent sur tout? À l'impossible nul n'est tenu. Les différends étaient normaux. Tout dépendait de la manière de les traiter. Mais Jared avait, lui aussi, vécu un tas d'histoires et voulait faire de celle avec Lili un chemin qui le mènerait vers le reste de sa vie. Et Lili admirait chez lui la connaissance qu'il avait de lui-même et sa façon de l'exprimer.

Lorsqu'ils faisaient l'amour, Lili se sentait comme une reine.

Et lorsque le moment était venu de se quitter pour mieux se retrouver, Lili se sentait aussi comme une reine. Et même lorsqu'elle avait des journées de merde, au boulot, à cause de l'hiver trop froid, à cause de la noirceur trop hâtive ou parce qu'elle s'ennuyait de Jared, lorsqu'elle était exaspérée ou fatiguée, lorsque quelqu'un lui faisait des histoires, elle savait désormais en son for intérieur que le sentiment de n'être bonne à rien n'était que temporaire et que, tant qu'elle se rappelait qu'elle était une reine, que tous étaient à leur façon des reines et des rois, elle savait qu'elle passerait au travers.

En se retirant des montagnes russes dans lesquelles l'avait entraînée son cœur pendant des années, Lili avait compris que, bien que la vie ne doive rien à personne, il était possible d'apprendre à se tourner vers le bonheur.

Elle n'en voulait plus à son passé tourmenté, ni à ceux qui en avaient fait partie. Et surtout, elle ne s'en voulait plus.

Comment aurait-elle pu apprendre, sinon, que chaque moment parfait, chaque instant de paix, chaque minute de joie sont en fait des cadeaux très précieux dont il vaut grandement la peine de prendre soin, que les opportunités de bonheur que l'on sait chérir seront celles qui s'épanouiront entre nos mains?

Lili était bien.

Remerciements

Lili Blues m'a été inspiré par des femmes fortes, des femmes de tête et de cœur que j'ai la chance et le bonheur de côtoyer.

Parmi elles, je tiens à remercier tout spécialement Johanne Guay, mon éditrice, qui a su comprendre à quel point il était important pour moi d'écrire ce roman et qui m'a aiguillée comme elle seule sait le faire à travers ce processus.

Merci de tout cœur aux personnes suivantes.

Ma mère, Natalie Choquette, qui m'a toujours soutenue et encouragée avec amour et tendresse dans tous mes projets.

Marie-Josée Choquette, ma grand-mère, qui cultive des trésors et les partage avec nous. Sans retenue.

Francine Chaloult, ma mère « de cœur », qui m'a montré ce que sont la résilience et la confiance.

Anne Vivien pour toutes ces années de musique et d'idées, et le goût de toujours continuer.

Marie-Claude pour ton art et ta bienveillance.

Catherine, il n'y a pas de mots pour te dire à quel point je chéris notre amitié, depuis toujours.

Steph, pour cette amitié née de la « cuisse de l'interdit » ☺ et pour ta salle à manger.

Florence, ma marraine, dont j'admire tout le travail et le parcours.

Claudia, mi hermana de corazón.

Special thanks to Ryan, for her larger-than-life smile and her wisdom.

Thank you Ali for helping me change so many things, for the best.

Chez Librex, je suis privilégiée de travailler avec une équipe extraordinaire.

Merci à Pascale Jeanpierre, avec qui chaque minute de travail est aussi une minute de plaisir.

Merci à Justine Paré, qui a le don du juste mot !

Merci à Axel Pérez de León, qui a su donner un visage à Lili et mettre en couleurs ses émotions.

Un gros merci aussi à Carole Boutin, Madeleine Berthelet, Janie Thibault, Marike Paradis, Nicoleta Varlan, Julien Faugère, Valérie Delisle, et un merci tout spécial à Marc-Olivier Roy et à Mumu Blondeau.

Restez à l'affût des titres à paraître chez
Libre Expression en suivant Groupe Librex :
Facebook.com/groupelibrex

edlibreexpression.com

Cet ouvrage a été composé en ITC New Baskerville 11,5/13,65
et achevé d'imprimer en septembre 2017 sur les presses
de Marquis imprimeur, Québec, Canada.

garant   procédé sans   100 % post-   archives   énergie biogaz
des forêts   chlore   consommation   permanentes
intactes®

Imprimé sur du papier 100 % postconsommation,
traité sans chlore, certifié FSC et Éco-Logo,
fait à partir de biogaz et garant des forêts intactes.